회귀자 사용설명서

WISHBOOKS FANTASY STORY

회귀자 사용설명서 3

흙수저 판타지 장편소설

초판 1쇄 찍은 날 | 2018년 5월 9일
초판 1쇄 펴낸 날 | 2018년 5월 16일

지은이 | 흙수저
펴낸이 | 예경원

기획 | 위시북스
편집책임 | 이규재
편집 | 이즈플러스

펴낸곳 | 예원북스
등록번호 | 제396-2012-000132호
등록일자 | 2012. 7. 25
KFN | 제1-254호

주소 | 경기도 고양시 일산동구 호수로 646-24 위너스21 II 빌딩 206A호 (우)10401
전화 | 031-819-9431 팩스 | 031-817-9432
E-mail | yewonbooks@naver.com

ISBN 979-11-6098-938-0 04810
979-11-6098-877-2 (set)

※ 이 도서의 국립중앙도서관 출판시도서목록(CIP)은 서지정보유통지원시스템 홈페이지(http://seoji.nl.go.kr)와 국가자료공동목록시스템(http://www.nl.go.kr/kolisnet)에서 이용하실 수 있습니다.

회귀자
사용설명서
3
흙수저 판타지 장편소설
WISHBOOKS FANTASY STORY
Wish Books

회귀자 사용설명서

CONTENTS

12장
가난하다고 해서 착한 것은 아니다

"우와아아아아아아."

"와……."

박덕구와 정하얀이 탄성을 내질렀다.

파란의 수뇌부들은 그런 우리를 바라보며 살짝 미소 짓는 중. 린델을 처음 보는 우리의 반응을 보니 예전 생각이라도 나는 모양이다.

서쪽 성문이 열리자마자 웅장한 모습의 도시가 시야에 들어왔다. 기본적은 건축 양식은 중세 서양의 것이었고 여기저기 곳곳에서 지구인이 살아가는 느낌이 들었다.

무엇보다 검은 머리카락을 가진 사람들이 눈에 띈다.

"자유 도시 린델은 한국인이 자리 잡고 있는 도시입니다."

"아아. 그러고 보니 다른 나라 사람들도 함께 소환되고 있다고 하셨죠."

"네. 신성제국이 보유하고 있는 튜토리얼 던전의 경우에는 한국인과 일본인 그리고 대만인이 소환되고 있습니다. 그들 역시 신성제국 안에 있는 도시에 뿌리를 내리며 살아가고 있지요. 린델에서도 일본인이나 대만인을 보실 수 있습니다. 같은 지구인이니만큼 서로 교류하면서 살아가고 있으니까요."

"그렇군요."

하필이면 일본인이다. 딱히 나쁜 감정이 있는 것은 아니지만 왠지 모르게 조금은 찜찜했다.

"공화국은……."

"중국인과 러시아인이 소환되고 있습니다."

그래도 저기에 묶이는 것보다는 좋을 것 같다.

다시 한번 주변을 둘러보자 여러 풍경을 볼 수 있었다. 상점에서 물건을 팔고 있는 이들도 보였고 사냥을 나가는 파티도 눈에 보인다.

"사제 구합니다."

"같이 사냥 나가실 사제 구합니다."

"아이템 팔아요! 희귀 등급 아이템입니다!"

마치 게임 속에서 봤던 광장을 현실로 재현해 놓은 듯한 모습이다.

꽤나 활기차다. 아마 박덕구와 정하얀이 눈을 크게 뜬 이유도 저런 모습을 봤기 때문이리라.

높게 솟아 오른 건물은 아니지만 고풍스럽다는 특징이 있다. 중간중간 화려한 모습을 한 상점들도 눈에 띄고 테라스에 앉아 식사를 하는 사람들도 볼 수 있다.

당장 나조차도 해외 어딘가에 여행이라도 온 것 같은 기분이 들었다.

이곳저곳 주위를 두리번거리는 이들을 보니 괜스레 웃음이 나왔다.

물론, 좋은 장면만 보이는 것은 아니다.

"흠……. 빈민촌도 있군요."

"네."

길드가 위치해 있는 서쪽과는 다르게 저 멀리 버려진 듯한 건물들이 보였다.

언뜻언뜻 보일 정도로 먼 탓에 제대로 확인할 순 없었지만 뻔한 일이다.

내 생각보다 이곳의 빈부 격차는 더욱 벌어져 있다.

"도시 내에서 자체적으로 복지정책을 실시하고는 있지만 그 효과가 미비한지라……."

"그렇군요."

'모두 쉬쉬하고 있겠지.'

지금의 나와는 전혀 상관없는 이야기다.

그렇게 입구를 떠나 광장을 지날 즈음 커다란 건물이 시야에 들어왔다.

눈이 커진 박덕구를 바라보던 이상희가 조용히 웃으면 입을 열었다.

"파란에 오신 것을 환영합니다."

"오오오오오오!"

내 생각보다 더 큰 규모였다.

우뚝 솟아 오른 건물. 몰락하고 있는 길드로는 보이지 않는 외관이다. 아니, 오히려 몰락해 가고 있기 때문에 겉모습에 조금 더 신경을 쓰는 것일 수도 있다고 생각했다.

좋아하는 우리 모습을 보는 것이 즐거운지 이상희가 한 번 더 살짝 웃으며 말을 이었다.

"안내해 드리도록 하겠습니다."

"네."

"1층은 로비와 쉼터가 마련되어 있습니다. 보통 타 집단의 의뢰를 받는 곳이라고 생각하시면 됩니다. 뿐만 아니라 여러분이 쉴 수 있는 장소도 함께 마련되어 있지요. 간단한 회식이라면 1층에 마련된 주점을 이용하시면 됩니다. 다른 파티나 길드원 분들이 자주 모이시니 제 바람으로는 자주 이용해 주셨으면 합니다."

"네. 알겠습니다."

"오오. 형님, 여기는 술도 마실 수 있는 모양이오."

"네. 외부 주점보다 훨씬 나을 겁니다. 지하에는 길드 식당이 있으니 언제든지 이용하시면 됩니다. 물론 무료로요."

"조, 좋네요."

"7번대 여러분께선 2층을 이용하시면 됩니다."

"2층?"

"네. 함께 올라가도록 하시죠."

마치 새로 산 집을 구경하는 느낌.

1층 메인 로비에 조용히 서 있던 접수원이 건네준 인사에 대충 고개를 끄덕이곤 2층으로 올라가니, 꽤나 넓은 공간이 우리를 반겼다.

"빈 방은 많으니 마음에 드는 방을 고르시면 됩니다."

"네."

1층을 보고 예상은 했지만 우리가 사용할 2층 역시 무척 넓다. 복도 자체도 폭이 넓고 방도 많다.

아직 우리 파티의 인원이 적다 보니 공간이 조금 더 넓어 보인다.

방 내부도 꽤나 괜찮아 보인다.

혼자 사용하기에는 조금 커다란 침대. 의자와 책상, 기본적인 책장 같은 것밖에 없어 조금은 휑해 보이기는 했지만 앞으로 우리가 생활할 방이라고 생각하자 괜스레 기분이 좋아졌다.

"오빠……."

정하얀이 슬쩍 옷깃을 잡아당기며 몸을 기댄다. 뭔가를 기대하는 것 같지만 방을 같이 쓸 생각은 추호도 없다.

애써 모르는 척하는 것도 일.

"거, 방이 너무 많은 것 같은데. 우리는 세 개만 써도 될 것 같소. 부길마 양반."

"……."

"나랑 형씨가 따로 하나씩 쓰고 누님이랑 형님이 함께 쓰면 딱인 것 같은데."

'이 돼지가.'

"그렇게 하셔도 상관은 없지만 그……."

"큼. 그것보다는 바로 옆방이 괜찮을 것 같습니다."

"네. 편하신 대로 하시면 됩니다."

묘한 신경전.

둘의 표정에 잠깐의 아쉬움이 싹트기는 했지만 아마 진심으로 던진 말은 아닐 것이다.

결국 정하얀은 내 옆방을 차지했고 김현성과 박덕구가 그 맞은편에 있는 방을 사용하기로 결정했다.

정하얀이 바로 옆방에서 지내는 게 조금 걱정되지만 본인은 만족하는지 계속해서 싱글벙글 웃고 있다.

모두가 자고 있을 때 슬쩍 옆으로 와서 누웠던 예전보다야 낫겠지만 혹시나 벽에 구멍이라도 뚫는 것은 아닌가 하는 생각이 들었다.

"연무실이나 훈련장은 건물 뒤에 있습니다. 개인 연무실은 없지만 7번대 분들께서 사용하실 만한 합동 훈련장이 마련되어 있지요. 혹시라도 개인적으로 연무실을 사용하시고 싶으시면 로비에서 신청을 하시고 사용하시면 됩니다."

"그렇군요."

"그리고 기영 씨는……."

"네."

"따로 마련되어 있는 공간이 있습니다."

"네?"

"잠시 함께 가시죠."

조금 기분 좋아 보이는 표정의 이상희를 따라갔다. 박덕구와 정하얀, 김현성도 궁금한지 내 뒤를 따라왔다.

2층 복도 끝에 위치한 방에 들어서자 펼쳐진 광경에 나도 모르게 입이 벌어졌다.

린델에 도착한 이후에 첫 번째로 말이다.

"앞으로는 이곳에서 작업하시면 될 겁니다."

"워……."

“와…….”

한쪽에 쌓여 있는 서책. 그것보다 눈에 띄는 것은 방 안을 가득 채운 연금술 장비다. 비커나 플라스크 같이 현대에서 사용하던 도구들이 있는 것은 물론, 기본적으로 알고 있는 연금술 장비가 즐비해 있다.

한쪽에는 촉매나 재료로 부르는 것들이 종류별로 놓여 있었고 연금마법진이 설치되어 있는 연금 항아리 역시 눈에 띈다.

차희라가 선물해 준 물품이 대부분 정리되어 있다.

고대 공화국의 약물 제조 연금술 키트도 한쪽에 제대로 비치되어 있는 모습.

말하자면 이곳은.

“사용하실 연금술 공방입니다.”

“아.”

“사실 조금 더 규모를 키우고 싶었지만 아무래도 비전투 직군들을 위해서 이런 장소를 마련한 것 자체가 처음인지라…….”

“아니요. 충분합니다.”

“실험에 다른 불순물이 포함되면 안 된다는 말을 들어서 살균 마법이 포함되어 있는 아티팩트를 방 전체에 설치했습니다. 복도 끝에 있는데다가 환기가 잘 되도록 다른 아티팩트도 설치해 두었으니 쾌적하게 이용할 수 있으실 겁니다. 혹시 예기치 못한 사고가 생겨날 수도 있기 때문에 기본적으로 방어 마법 역시 설치해 두었습니다."

"감사합니다."

솔직히 감회가 새롭다. 지구에서도 나만의 공간을 가져본 적이 없다.

"과학자들이 쓰는 실험실 같은 느낌이요. 크으."

"멋있어요, 오빠."

사실 이곳에 있는 모든 물품보다 차희라가 선물해 준 것들이 더 가치 있다.

그러나 최소한 홀대당하고 있다는 느낌은 들지 않는다.

애초에 이 대륙에 떨어진 연금술사 중에 이 정도로 좋게 시작하는 사람이 있는지 찾아보고 싶을 정도.

영웅 등급의 서책과 영웅 등급의 연금 키트, 길드에서 지원해 주는 그럴듯한 공방과 대형 길드의 주인이 지원해 주는 수많은 재료와 촉매까지.

이 정도 조건에서 결과물을 내지 못한다면 병신이라고 욕을 먹어도 할 말이 없으리라.

하고 싶은 걸 전부 할 수 있는 환경이 마련되어 있다.

애초에 연금술이라는 것은 비효율적이다.

골드를 심하게 잡아먹는 점도 그렇고 마법에 비해 결과물이 신통치 않다는 것도 그렇다.

기술 이전에 들어가는 투자비용이 문제라는 것.

그렇지만 나에게 해당되는 이야기는 아니다. 이 정도 조건이라면 만들고 싶은 건 뭐든지 만들 수 있다.

"형님! 이제 밥이라도 먹으러 가는 게……."

"아니. 먼저 먹어라, 덕구야."

"엉?"

"몇 가지 실험해 봐야 할 게 있어서. 하얀이랑 먼저 먹어."

조금은 아쉬운 듯한 박덕구의 표정.

이상희는 뭔가 열심히 공부하려는 자식을 바라보는 표정으로 날 보는 중이다. 그야 어머니의 입장에서는 자식이 열의를 보이는 상황이니 기분이 좋을 수밖에 없을 것이다.

문제집도 사주고 공부방도 마련해 줬다.

자식 된 입장에서는 열심히 해주는 것이 도리.

사실 하루 정도는 쉬어도 별로 상관없겠지만 지금 당장 시험해 보고 싶은 것이 많다. 연금술사라는 직업을 얻은 직후에 머릿속에 담겨져 있는 것들을 시험해 볼 수 있는 기회가 온 것이다.

"끄응."

"사실 오늘 간단하게 회식이라도 할까 했지만 다음으로 미뤄야 할 것 같군요. 다른 파티도 전부 밖으로 나가 있으니 오히려 잘된 것 같네요. 필요하신 것은 1층 로비에 말씀하시면 됩니다. 저도 그럼 올라가 보도록 하겠습니다. 오늘 설명드리지 못한 길드 내 다른 시설은 차후에 설명해 드리도록 하겠습니다."

싱글벙글 웃는 모습이 의외로 귀여워 보인다.

"끄응. 나도 훈련이나 좀 해야겠소. 짐 정리도 좀 하고. 누님은 뭐 할 거요?"

"저, 저도 따로 공부할 게 있어서."

"형씨는?"

"저는 도시를 둘러봐야 될 것 같습니다."

"응?"

"아무래도 어디에 뭐가 있는지 궁금해서 말입니다. 신전이나 빈민촌도 한번 둘러보려고 합니다."

'이 새끼…….'

혹시나 빈민촌에 가서 저번과 같은 봉사활동을 하는 것은 아닌지 불안감이 든다.

녀석이라면 충분히 가능한 행동이다.

그렇지만 저번에 보여준 모습을 생각하면 마냥 생각이 없는 놈은 아니니 일단은 믿어볼 셈.

"그리고……."

"네?"

"아까 광장에서 보니 사람이 많이 몰려 있더군요."

"거, 대부분이 파티원을 구하는 사람들인 것 같던데."

"아."

"네. 혹시 저희와 함께할 이들이 있는지 찾아보고 오겠습니다."

그제야 놈이 무슨 생각을 하는지 대충 눈치챌 수 있었다.

'있구나.'

빈민촌 혹은 신전.

어딘지는 모르겠지만 이 도시 내에 우리 회귀자가 점 찍어 둔 다섯 번째 멤버가 있다.

[새로운 조합법을 발견했습니다.]

[기본 체력 물약 제조에 성공합니다.]

[지력이 1 올라갑니다.]

[중독초와 트롤의 혈액을 조합합니다. 새로운 촉매 조합에 성공하셨습니다.]

[지력이 1 올라갑니다.]

[중독초와 마력의 정수를 조합합니다. 새로운 촉매 조합에 성공하셨습니다.]

[중독초와 오크의 어금니를 조합합니다. 새로운 촉매 조합에 실패하셨습니다.]

연금술이라는 것은 그리 어려운 것은 아니었다.

물론 기술이 아예 들어가지 않는 것은 아니다.

연성 마법진을 사용하는 타이밍, 각 촉매에 재료별로 달라지는 마법진의 종류, 마법진에 들어가는 마력의 양, 촉매나 재료들의 상성까지.

모든 것을 생각하고 임해야 한다.

말하자면 이건 실험에 가깝다.

실패했을 때의 리스크가 어마어마한 실험.

그렇기 때문에 연금술은 신중해야 한다. 소재 자체가 비싼 만큼 실험 한 번에 날아가는 액수가 클 수밖에 없다.

그렇기에 연금술사는 물약 제조나 촉매 조합에 이론을 파고든 이후에 여러 가설을 세워야 했다. 그 가설을 토대로 가상 실험을 진행하고 그 가상 실험을 바탕으로 실전에 임한다.

이것이 다른 연금술사들이 기본적으로 연금술에 임하는 방법이다.

물론.

나에게 해당되는 이야기는 아니다.

왜.

"돈이 많으니까."

가상 실험 따위는 개나 줘버리고 계속해서 촉매 조합이나 물약 조합에 몰두. 이론이나 가설 따위는 일단 집어 치우고 실험에 의한 결과에만 집중한다.

이를테면 실험으로 인한 결론을 먼저 도출하고 어째서 이런 결론에 도달했는지에 대해 생각하는 것이다.

희귀 등급의 촉매 하나에 벌벌 떨며 한 달을 준비하는 다른 연금술사들과는 당연히 효율이 다를 수밖에 없다.

[실패하셨습니다.]

[실패하셨습니다.]

[실패하셨습니다.]

'안 되나?'

이유를 찾는 데 시간을 허비하지 않는다. 방법을 조금 바꾸면 된다.

[성공하셨습니다.]

그야말로 절정에 이른 돈지랄.

모르긴 몰라도 최근 일주일간 천 골드 정도는 빠져나갔으리라.

그렇지만 얻은 것이 없는 것은 아니다.

당장 눈에 띄는 실적이 있는 것은 아니지만 시중에서 기본적으로 판매하는 물약 레시피는 이미 머릿속에 저장되어 있고, 무엇보다 지력 능력치와 마력 능력치를 올릴 수 있었다.

말하자면 골드로 능력치를 산 셈이다.

다시 한번 연금 키트에 골드를 쏟아 부으려고 하고 있을 때 밖에서 목소리가 들려왔다.

"형님!"

"들어와. 아티팩트로 소독하는 거 잊지 말고."

"알겠소."

슬쩍 방문이 열리자 보이는 것은 당연히 박덕구. 그 옆에 정하얀도 있었다. 손에 한 움큼 짐을 들고 있는 걸 보니 왜 찾아왔는지 대충은 알 수 있었다.

"왜 굳이 네가 오는 거야. 짐 정리는 다른 평길드원이 도와주시기로 했는데. 로비 안내원한테도 그렇게 말해놨으니까 다음부터는 직접 옮겨주지 않아도 돼."

"끄응. 이렇게라도 하지 않으면 형님 얼굴 보는 게 쉽지 않으니까 그러는 거 아니요. 어떻게 한 집에서 사는데 얼굴 보기가 이리 힘드오? 짐은 이쪽에 내려놓으면 되는 거요?"

"대충 놔둬도 돼. 고맙다, 덕구야."

"흐흐. 뭐, 이 정도는 껌 아니요."

"오, 오빠. 식사는 하셨어요?"

"아."

슬쩍 시간을 보니 벌써 시간이 꽤나 지났다. 집중하느라 시간이 얼마나 흘렀는지 몰랐다.

"제, 제가 뭘 조금 만들어 왔는데요."

"아. 그러면 같이 먹자."

"그래야지!"

지나치게 기뻐하는 박덕구와 정하얀을 보니 괜스레 웃음이 나온다.

슬쩍 안을 확인해 보니 주문한 물품이 제대로 도착했다.

"그런데 그 물건들은 전부 어디에 쓰려고 주문한 거요?"

"전부 연금술에 들어가는 촉매야."

"크으. 이게 형님이 만든 물약이구만. 다 죽어가는 사람도 이걸로 살릴 수 있는 거요?"

"그건 아니다. 기본적인 상처만 치료해 주는 정도지. 아, 하얀아, 그쪽에 있는 건 건들면 안 되는 거야. 혹시라도 마실 생각 마."

"네, 네!"

"내가 이런 건 잘 몰라서 그런데 형님이 뭔가 대단한 걸 하려고 하는지는 알겠소. 근데 어떤 걸 만들려고 하는 거요?"

"글쎄. 일단은……."

"네."

"돈이 되는 거."

조금 멍한 표정의 박덕구와 정하얀이 시야에 비쳤다.

나도 모르게 웃음을 터뜨릴 정도.

그렇지만 대충 말한 것이 아니다.

말 그대로 내게는 돈이 가장 중요하다. 쓰는 돈이 있는 만큼 수입이 있어야 하는 것이 당연하다.

투자한 만큼 돈이 되어야 한다.

말하자면 김현성 파티의 물주가 되는 셈.

물론 차희라에게 계속해서 투자받을 만한 성과를 만들어야 한다. 이미 대충 명단은 넘겨줬지만 쓸모가 있다는 걸 지속해서 어필해야 한다.

물론 내가 뭘 만들고 있는지에 대한 것은 비밀. 굳이 박덕구와 정하얀이 알 필요는 없다.

"그나저나 현성 씨는 요즘 뭐 해?"

"그러고 보니 현성 씨도 오래 못 본 것 같아요."

"뭐, 거의 형님이랑 비슷한 것 같더라오. 연무장에서 같이 훈련을 하기는 하는데, 훈련이 끝나면 항상 빈민촌으로 달려가는 거 아니겠소? 그것도 먹을 거 바리바리 싸들고 말이오."

"응?"

“거, 원래 착한 양반이라는 건 알고 있었지만 천사도 그런 천사가 없다니까. 무슨 봉사활동이라도 하는 건지는 모르겠지만 벌써 일주일째 저러고 있으니……. 큼. 뭐, 존경스럽기도 하고 그럽디다.”

“그래? 매일?”

“아마 그럴 거요. 아! 새로운 던전 어쩌고 하는 이야기를 들은 적도 있는 것 같은데……. 아무튼 도시를 싸돌아다니는 게 무슨 사람을 찾는 것 같기도 하고 정보를 얻으러 가는 것 같기도 하고. 확실한 건 김현성 그 형씨가 정말로 착하다는 거요.”

‘봉사활동?’

물론 어울리기는 하다.

녀석이 새로운 인재를 데려오지는 않을까, 생각해 봤지만 시간이 좀 더 걸릴 것 같다. 계속해서 빈민촌을 들락날락거리는 것을 보면 그곳에 뭔가 있는 것 같긴 한데 일이 잘 안 풀리는 모양이다.

만약 금방 영입할 수 있었다면 아직까지 그곳에서 봉사활동을 할 이유가 없을 테니까.

“거 얼마나 거기 있는 사람을 생각하는지는 모르겠지만 가끔 인상도 찌푸리고 하는 게 걱정이 이만저만 아닌 모양이오.”

‘뭐지?’

어쩌면 뭔가 문제가 생겼을 수도 있으리라.

‘한번 가볼까.’

나쁘지는 않을 것이다.

만들고 있는 물건도 마무리 단계고 앞으로 친해져야 할 동료가 어떤 재능과 성향을 가지고 있는지도 궁금했으니까.

정하얀이 만든 음식을 대충 목구멍으로 넘기자 기뻐하는 얼굴이 눈에 들어왔다.

“나도 한번 가봐야겠는데.”

“엉? 정말이요?”

“조금 궁금하기는 하네. 빈민촌이 어느 정도인지도 궁금하고.”

“저, 저도 같이 가요, 오빠.”

“그럴까?”

“네!”

박덕구도 가고 싶어 하는 것 같았지만 굳이 나와 정하얀 사이에 낄 생각은 없는 모양이다. 오히려 빨리 자리를 비켜줘야 한다고 생각하는지 황급히 식사를 마무리하려는 모습이 보였다.

“그럼 지금 갈까? 하얀아?”

“네!”

생각한 것은 곧바로 실행에 옮기는 것은 좋다.

정하얀과 함께 길드를 나서는 것은 금방이었다. 처음에는 신기했던 풍경도 계속 보다 보니 익숙해진 느낌이다.

지금까지는 광장 이외에는 다녀본 적 없었는데 이번에는 꽤 걸어야 할 것 같았다.

기왕이면 시간을 단축시키고 싶었기 때문에 마차를 잡고 올라서자 내 손을 꽉 마주잡은 정하얀이 무척이나 기쁜 표정을 보였다.

지나쳐 가는 풍경이 꽤나 재미있다. 마치 시티 투어라도 하는 느낌이다.

마차가 천천히 이동할수록 분위기가 달라진다.

밝고 깨끗한 분위기에서 어둡고 더러운 분위기로. 마차를 운행하는 마부도 별로 기분이 좋지 않다는 표정이다.

습기가 차 있는 것 같기도 하고 공기 자체가 불쾌해졌다.

무엇보다 서쪽 지역과 다른 것은 사람들의 행색과 표정이었다.

"그런데 이곳까지는 어째서 가시는 겁니까."

"별일은 아닙니다. 사실 도시에 들어온 지 얼마 되지 않아서 말입니다. 이곳은 어떤지 궁금해서 말이죠."

"아. 좋은 조건으로 길드에 오퍼를 받으신 모양이군요."

"하하. 부끄럽지만 그렇습니다."

전형적인 패배자를 보는 것 같다.

고개를 숙인 채 걷는 것은 물론 혹시나 이쪽이 자신에게 해를 끼치지는 않을지 불안해하는 표정이었다.

사냥을 나갈 자신도 없고, 길드나 클랜에 들어가는 것 자체를 무서워하는 이들.

한 명 한 명의 사정은 알 수 없지만 무슨 연유로 이곳에 들어와 뿌리내리기 시작했는지 알 것 같았다. 적어도 긍정적인 이야기는 아닐 것이다.

"서쪽 광장이랑은 조금 분위기가 다르네요, 오빠."

"응. 그래 보이지?"

혹시나 위험하지는 않을까 조금 걱정했던 내가 바보 같다.

마차를 끌고 빈민촌을 돌아다니는 나와 정하얀은 그야말로 이곳의 상류층 커플이다. 힘도 돈도 없는 저들은 이쪽에 해를 끼칠 패기도 근성도 없다.

기껏해야 자신들끼리 드잡이를 하는 게 고작이리라.

마차에서 내린 이후에도 상황은 같다. 구걸을 하려고 말을 거는 것조차 무서운지 멀찍이 떨어져서 나와 정하얀을 경계하고 있었다.

사람들이 뭉쳐 있는 곳을 발견한 것은 바로 그때.

추레한 행색을 한 사람들 사이로 말끔한 행색을 한 여자가 시야에 들어왔다.

[플레이어 선희영의 상태창과 재능 수치를 확인합니다.]

[이름–선희영]

[칭호–버림받은 이들의 성녀]

[나이–32]

[성향–이상적인 봉사자]

[직업–태양의 사제–영웅 등급]

[직업효과–기초 신성 지식 습득]

[직업효과–중급 신성 지식 습득]

[능력치]

[근력–30/성장한계치 일반 이하]

[민첩–28/성장한계치 일반 이상]

[체력–30/성장한계치 영웅 이하]

[지력–45/성장한계치 영웅 이상]

[내구–32/성장한계치 희귀 이하]

[행운–45/성장한계치 영웅 이상]

[신성–69/성장한계치 전설 이상]

[장비]

[없음]

[특성–성녀의 기도]

[총평–사제가 되기 위해 태어난 사람이라 해도 과언이 아닙니다. 썩은 인간성을 가지고 있는 플레이어 이기영과의 차이도 무척이나 명백하군요. 혹시라도 다가갈 생각은 하지 말아주시기 바랍니다. 플레이어 이기영에게 오염되기에 저분은 너무나도 깨끗하니까요.]

'허…….'

이제는 익숙해진 총평은 가볍게 넘긴 후에 여자를 다시 한 번 살폈다.

'슈바…….'

내 눈이 옹이구멍이 아니라면 저 여자가 분명할 것이다.

전설 등급의 신성 능력치.

이곳에 들어온 지 조금 되어 보이지만 잠재 능력은 왠지 모르게 정하얀을 생각나게 했다.

김현성은 눈에 띄지 않는다.

다만 저 여자 주변에 다른 이들이 모여 있다. 부랑자들이 아닌 똑같이 말끔한 행색을 하고 있는 이들이다.

같은 소속으로 보이지는 않는다. 입고 있는 옷이나 깃발이 달랐으니까.

한 가지 확실한 것은 저 선희영이라는 여자를 중심으로 모여 있다는 것.

모두가 함께 저 여자를 향해 알랑방귀를 끼고 있는 것이 눈에 보인다.

어째서인지는 뻔할 뻔자.

'영입 전쟁?'

아마 확실할 것이다.

이번에 김현성이 끌어들이고 싶은 인재은 김현성만 알고 있는 사람이 아닌 모양이다.

모두가 원하는 인재.

이미 미래가 보장된 인재.

그럼에도 아직 소속이 정해져 있지 않은 인재.

어째서 김현성이 이곳을 자주 찾아왔는지, 어째서 봉사활동과는 관련이 없을 것 같은 수많은 클랜의 인사들이 모여 있는지 눈치챌 수 있었다.

모두 착한 척을 하느라 정신이 없다.

저 여자의 눈에 들기 위해 함께 봉사를 하는 모습은 꽤나 가관이었다.

'버림받은 이들의 성녀?'

내 눈에는 일하기 싫은 개돼지들의 호구들처럼 보였다.

나도 모르게 혼잣말이 나올 정도였다.

한 가지 예상하지 못했던 게 있었다면, 내 의견에 무한 긍정하려는 정하얀의 존재였다.

“개돼지 같네.”

“네. 오빠. 개…… 개돼지들처럼 보이네요!”

잠깐 끊겨버린 대화에 초조했는지 필사적으로 긍정하는 외침.

기어가는 듯한 내 목소리와는 다르게 정하얀의 조금은 큰 목소리에 모든 사람의 시선이 이쪽으로 쏠리기 시작했다.

‘이런 개…….’

지금 나와 정하얀이 저들에게 어떻게 비치고 있을지 대충 예상이 간다.

애초에 외관 자체가 이곳과 무척이나 동떨어져 있다.

제대로 씻지도 못한 이들과는 다르게 정하얀은 말끔하다 못해 화장까지 한 모습. 심지어 굉장히 예쁘장한 옷을 입고 있다.

그렇다고 지금 우리를 바라보고 있는 저들처럼 봉사활동을 하고 있는 것도 아니다.

말하자면 그저 빈민촌이 궁금해 마실 나온 철없는 젊은 커플처럼 비치고 있을 것이다.

사실상 폭동이 일어나도 할 말이 없는 상황이다.

물론 빈민들이 우리에게 돌팔매질을 하는 극한 상황은 벌어지지 않았다.

자유 도시 린델에서 말끔한 복장을 하고 다닌다는 것은 강하거나, 권력을 가지고 있거나, 부유하다는 것을 의미하기 때문이다.

혹시라도 자신들에게 화가 미칠 상황을 생각하는 것이 분명하다.

그렇지만 적의가 깃든 눈빛을 보내고 있지 않은 것은 아니었다.

'이런…….'

물론 저들이 어떤 눈빛을 보내는지, 무슨 생각을 하는지는 나와 하등 상관없다.

다만 김현성이 점찍어 둔 것으로 추정되는 저 선희영이라는 여자가 이쪽을 노려보는 건 반갑지 않다.

정하얀도 자신이 실수했다는 것을 통감하는지 괜스레 내 눈치를 보고 있다.

결국에는 선희영이 빈민들을 헤치고 내 앞으로 성큼성큼 다가오기 시작했다.

적절한 표현인지는 모르겠지만 왠지 교회 누나 같은 인상이다. 긴 머리에 커다란 눈. 고생 같은 건 해본 적 없는 외모다.

괜스레 시선을 피하며 이 사태를 어떻게 수습해야 할지 생각을 정리하기도 전에 선희영이 말을 걸었다.

"저들에게 사과하세요."

"……."

"저들에게 한 폭언을 취소하고 사과하세요. 이곳에 있는 그 누구도 당신들에게 폭언을 들을 이유는 없습니다."

심지어 저 여자에게 알랑방귀를 뀌고 있던 각 클랜의 스카우터들도 목소리를 높인다.

이 어이없는 상황에 실소가 나올 정도였다.

"어디 사는 누구인지 모르겠지만 사과하시는 게 좋을 것 같습니다."

"당장 그 폭언을 취소해 주셨으면 합니다."

"혹시 파란 길드에서 오셨습니까?"

붉은 용병이나 다른 대형 길드는 보이지 않는다. 중소형 클랜의 다른 이들은 생각보다 정중한 느낌이다.

가슴에 달고 있는 파란의 휘장이 저들을 얌전하게 만드는 모양이다만.

저 여자가 저런 말을 하는 건 그나마 이해할 수 있지만 타 클랜과 길드 놈들이 나서는 데 어이가 없었다.

'이기적인 야심가.'

'계산적인 분석가.'

어딜 봐도 봉사활동과 거리가 멀어 보이는 놈들뿐이다.

성향이 안 좋은 쪽으로 치우쳐져 있을수록 목소리를 높

였다.

누가 봐도 정의는 저들이고 우리는 개념 없는 커플이다. 착한 놈과 나쁜 놈이 명확하게 구분되어 있는 상황이었다.

'실수?'

아니.

결코 실수라고는 할 수 없다.

언제부터 저 영입 전쟁이 지속되었는지, 김현성이 저 여자를 작업 치는 것에 얼마나 많은 진전이 있었는지는 모르겠지만.

애초에 경쟁자가 저렇게 많은데 제대로 된 영입 제의를 할 수 있을 리가 없다. 저런 상황이 하루 이틀인 것도 아닐 것이다.

왠지 모르게 머릿속에 그려진다.

저 여자에게 있어서 최우선 사항은 빈민을 구제하는 것.

그 일에 매달려 있으니 클랜이나 길드에 들어가 원정을 떠날 수 있을 리가 없다.

저 여자에게 맞는 전혀 새로운 방식이 머릿속에 떠오른 것은 순식간이었다.

조금 풀이 죽은 것 같은 정하얀의 어깨를 살짝 이쪽으로 끌어들이며 나는 천천히 입을 열었다.

"취소하지 않습니다."

"……네?"

"취소하지 않겠다고 말했습니다."

"그게 무슨."

"아무것도 하지 않고 남이 주는 것을 받아먹고 있는 이들을 개돼지 같다고 말한 것이 잘못이라곤 생각하지 않습니다."

"지금 무슨 말씀을 하시는 건가요. 당신…… 파란 길드로군요."

"제 소속과 제 말은 아무런 상관이 없습니다. 제가 파란 소속인지는 중요하지 않죠. 파란에 뜻과는 무관한, 지극히 개인적인 생각입니다."

"해도 될 말과 안 될 말이 있는 겁니다. 당신은 이곳에 대해 아무것도 모르고 있습니다. 단순히 좋은 옷을 입고 좋은 위치에 있다고 해서 저들을 비난할 자격은 없습니다."

잠시 잠자코 있자 기세등등해졌는지 입을 여는 선희영이 보였다.

"모두가 좋아서 이곳에 있는 것이 아닙니다. 각자의 사정을 가지고 어쩔 수 없이 몰렸지요. 이 대륙은 조금만 실수해도 목숨을 잃을 수 있습니다. 당신처럼 특별한 재능을 가지고 있어 좋은 길드의 컨택을 받고 대충 살아가고 있는 사람이 이들을 이해할 수 있을 리가 없지요."

특별한 재능이 나왔을 때는 나도 모르게 실소가 튀어나올 것 같았다. 그렇지만 대충 산다는 말에는 조금 인상이 찌푸려졌다.

"웃기네요."

"네?"

"제가 이곳에 들어온 지 얼마 되지는 않았지만 적어도 저기 있는 이들보다는 10배는 더 치열하게 살았을 겁니다. 아마 이곳에 계신 분들 모두 마찬가지겠지요. 저기 보이는 클랜 여러분도 마찬가지일 겁니다. 목숨을 걸고 사냥을 나가는 것은 물론 궂은 일, 힘든 일 가리지 않고 함으로써 저 위치를 얻었을 겁니다. 죽고 싶은 사람은 그 누구도 없습니다. 마찬가지로 일하고 싶은 사람도 아무도 없지요."

"아……."

"저 역시 마찬가지입니다. 몇 번이나 죽을 위기를 넘기며 파란에 들어갈 수 있게 됐습니다. 저들은 자신들의 인생을 위해 무엇도 걸어본 적이 없는 인간일 겁니다."

"그렇지 않습니다. 이들은……."

"어째서."

"……."

"어째서 저들이 저렇게 되었는지 대충 알 것 같군요."

"무슨 소리를 하시는 겁니까."

"저들을 저렇게 만든 건 당신입니다."

무슨 소리를 하냐는 표정이다.

그렇지만 냉정하게 생각해 보면 틀린 말은 없다.

"저들을 길들인 것은 당신입니다. 먹이를 주고 있을 곳을 마련해 주고 입을 옷을 건네준 당신이 저들을 길들인 겁니다. 당신이 저들을 패배자로 남게 만든 겁니다."

"뭘 안다고 그런 말…… 말을 하시는 건가요? 이곳에 들어온 지 얼마 되지 않으셨다고 하셨지요. 현재 린델에 대해서 모…… 모르시면서 그런 말을 하시면……. 빈민들이 생겨난 건 저 때문이 아니라 다, 당신 같은 사람이 있기 때문입니다."

자세하게는 알지 못한다.

그렇지만 저런 종류의 사람들에 대해서는 아주 잘 알고 있다.

"아아. 열심히 살아가고 있는 이들 말이군요."

"열심히 살아가는 사람을 말하는 것이 아닙니다. 자기보다 아래에 있는 사람들을 멸시하고 오직 자기 이득만 챙기는 당신 같은 사람들이야말로 린델을 썩게 만드는 겁니다."

틀린 말은 아니다.

그렇지만 그저 긍정할 수는 없다.

"저는 제 이득을 챙기기 위해 남에게 부당함을 준 적은 없습니다. 일부 인간이 그렇게 느낄 수도 있기야 하겠지만, 방금 말은 이해할 수 없군요. 당신이 도와야 하는 대상은 이곳에 있는 이들이 아닙니다. 목숨을 걸고 원정을 떠나는 모험가, 힘든 장소에서 일하고 있는 노동자들이지요."

궤변이다. 개소리로 들릴 수도 있다.

그러나 당연하게도 봉사활동 자체에 불만을 가지고 있는 것은 아니다. 오히려 개인적으로는 이런 사람들을 존경한다.

그렇지만 이 여자의 방법은 잘못되었다.

성향.

'이상적인 봉사자?'

어쩌면 봉사를 위한 봉사를 하는 타입일 수도 있으리라.

"무슨 뜻인지 알 것 같군요. 물고기를 주지 말고 물고기를 잡는 방법을 알려주면 된다는 뻔한 말을 하…… 하시려는 거군요. 적어도 아무것도 하지 않는 당신이 그런 말을 할 자격은 없습니다. 이분들을 위해 아무런 행동도 하지 않는 당신의 말은 설득력이 없어요."

"행동하려고 찾아왔습니다."

"뭐……."

살짝 입꼬리를 올리며 입을 열었다.

"이곳에 있는 이들 전원, 제가 고용하도록 하겠습니다."

"네?"

"이곳에 있는 이들 모두 제가 고용하도록 하겠습니다. 위험한 일은 아닙니다. 그렇지만 고된 일이 될 수도 있을 겁니다.

너무 걱정하지 않으셔도 됩니다. 몸을 움직일 수 있다면 할 수 있는 일이니까요. 시급도 기본 이상으로 쳐드리겠습니다.”

“어…….”

“지금 상태에서 벗어나 재기할 수 있는 기회입니다. 숙소는 제공해 드릴 수 없겠지만 중식 정도는 제공해 드리지요.”

“당신 무슨 생각을 하는 건가요?”

“계속해서 남에게 빌붙으며 이곳에 남을 건지 아니면 당당한 사회의 구성원으로 살아갈 것인지는 여러분의 선택에 달려 있습니다. 스스로 일어날 때가 됐습니다. 여러분.”

나는 조용히 주변을 둘러보기 시작했다.

조용하다.

그렇지만 용기를 낸 누군가를 시작으로 질문이 들어왔다.

“무슨 일인지 들을 수 있겠습니까?”

“말 그대로 위험하지 않은 간단한 일입니다. 위험은 없을 거라고 약속할 수 있습니다. 단순 노동이라고 생각하시면 편할 겁니다.”

“시급은…….”

“1골드 드리도록 하겠습니다. 만약 추가 근무가 발생된다면 따로 수당까지 쳐드릴 수 있도록 하지요. 하루 근무 시간은 기본적으로 8시간으로 책정하는 게 좋겠군요.”

금방 웅성거리는 소리가 들려온다.

"믿지 못하겠다면 이곳에 있는 이분을 저희 회사의 고문으로 모시도록 하겠습니다. 여러분이 안심할 수 있게 말입니다."

"저는 한다고 말한 적이!"

"제가 무슨 짓을 하는지 지켜봐야 하지 않겠습니까?"

"그, 그건 그렇지만……."

"여러분에게는 기회입니다. 몸이 불편하신 분도 충분히 할 수 있는 일입니다."

선희영을 회사의 고문으로 모신다는 말이 꽤나 결정적이었을 것이다.

사람들이 천천히 손을 들기 시작한다.

"하겠습니다."

"저, 저도 하겠습니다."

"저도……."

"맡겨만 주신다면 열심히 하겠습니다."

너도 나도 손을 들기 시작한 상황에 무척이나 기분이 좋다. 황당하다는 눈으로 나를 바라보는 선희영이나 다른 클랜 녀석들의 시선도 말이다.

"일은 내일부터 곧바로 시작하도록 하겠습니다. 간단한 일이니 내일 아침 9시까지 몸만 오시면 됩니다."

"네."

이쯤 되면 선희영도 조금 전 말이 민망했던 모양이다. 그렇지만 나를 완전히 믿는 표정은 아니었다.

사실 믿을지 믿지 않을지에 대한 여부는 상관없다.

선희영을 조금 경계하는 것 같은 정하얀의 머리를 한 번 쓰다듬고 미련 없이 발걸음을 돌리자 조용히 이쪽으로 다가온 그녀가 아주 천천히 내게 입을 열었다.

"뭐, 뭐라고 말씀드려야 할지 모르겠지만……. 이, 일단 감사합니다. 그렇지만……."

"뭐가 감사하다는 건지 이해할 수 없네요."

"네?"

"감사해야 할 필요는 없습니다. 어차피."

"……."

"별로 달라지는 건 없을 테니까요."

"무슨 말을……."

"아까 분명히 말씀드렸습니다."

"네?"

"저들을 길들인 건 당신입니다."

정말로 저 사람들이 선희영에게 길들여졌는지 아닌지에 대한 여부는 중요한 것이 아니다.

어차피.

그렇게 생각하게 될 테니까.

“무슨 생각을 하시는 거죠?”

“별다른 생각은 없습니다. 솔직히 제가 옳다는 걸 보여드리고 싶은 것뿐입니다.”

“돈이 많기는 한 것 같네요. 단순히 그런 이유로 저 사람들을 전부 고용해서 부릴 정도라니…….”

괜스레 웃음이 나왔다.

‘돈은 무슨…….’

솔직히 여기 있는 이들을 한꺼번에 고용하는 것은 당연히 문제가 있다.

당장 내 연금술에 들어갈 촉매도 부족한 상황이니까.

나 역시 골드가 남아도는 상황은 아니지만 저들이 전혀 쓸모가 없는 것은 아니다.

무척이나 싸게 임상 실험을 할 수 있는 찬스였고 선희영이라는 여자가 가지고 있는 생각을 부술 수 있는 기회였다.

여러모로 이득을 보는 장사라는 소리다.

어째서 그녀가 가지고 있는 쓸데없는 생각을 부숴야 하는지는 간단하다.

그게 저 여자를 영입할 수 있는 수단이라고 생각했기 때문이다.

'이곳에 들어온 지 3년 차. 버림받은 자들의 성녀라고 불리기 시작한 것은 2년 전. 클랜이나 길드가 아닌 신전 소속으로 시작했고 신전을 나온 뒤 계속해서 봉사활동에 전념. 대형 길드나 중소형 클랜의 오퍼를 2년 동안 거절해 오고 있는 중.'

그녀의 이력이다.

나처럼 엘리트 코스를 탈 수 있음에도 굳이 신전 소속으로 들어간 행보가 눈에 띈다.

클랜이나 길드의 컨택을 거절한 이유도 무척이나 간단하다.

왜?

우리 버림받은 자들의 성녀께서는 빈민들을 구제해야 한다는 막대한 사명을 가지고 있으니까.

무려 2년 동안이나 길드나 클랜의 컨택을 거절해 온 셈이다.

아마 내가 상상할 수 없는 제의가 오갔을 것이다.

물론 그 조건에는 빈민에 대한 본격적인 구제 역시 포함되어 있었을지도 모른다.

그럼에도 그녀가 제의를 거절했다면 이유는 뻔한 일. 자신이 직접 행동해야 한다고 생각하기 때문이리라.

어째서 이런 이들에게 관심을 가지는지에 대해서는 당연히 알지 못한다.

솔직히 알고 싶지도, 알 필요도 없다.

지금 당장 중요한 건 저 여자의 우선순위를 저들로부터 옮기는 것이니까.

말하자면 저 여자를 빈민들과 떨어뜨리는 것이 첫 번째 과제였다.

슬쩍 전방을 보니 꽤나 열심히 일하는 사람들이 시야에 비쳤다.

꽤나 의욕적인 모습을 보이는 이들이 몇몇 있기는 하다.

어쩌면 내 계획이 망하는 것이 아닌가 하는 생각이 들 정도였지만 굳이 걱정하지는 않았다.

"빈민촌에는 아직 일을 구하지 못한 사람들도 있는데…… 그들에게는 가보시지 않는 겁니까?"

"당신이 무슨 짓을 하는지 지켜봐야 하니까요. 그런 말을 하지 않아도 시간이 되면 갈 겁니다."

"굳이 무슨 짓이라고 할 게 있겠습니까. 바위를 옮기는 단순 노동입니다. 날씨가 조금 덥고 태양빛이 뜨겁겠지만 저들에게는 오랜만에 느껴보는 가치 있는 땀방울일 겁니다. 노동의 참 가치를 느끼고 있는 이들을 보니 저도 함께 바위라도 옮기고 싶은 심정이네요."

"비아냥거리는 것처럼 들리는데요."

"착각이실 겁니다."

당연하지만 이쪽을 좋게 봐주지 않는다.

내가 그녀였어도 그럴 것이다. 그녀가 가지고 있는 가치를 정면으로 부정한 사람이니까.

그러나 나쁜 상황은 아니다.

지금까지 그녀에게 접근했던 다른 이들과 전혀 다른 방식으로 접근하고 있다는 건 적어도 인상을 남긴다는 점에서는 의미 있는 일.

"제가 저들을 길들였다는 건 도대체 무슨 말인가요."

"말 그대로입니다. 저들은 일을 하지 못하는 것이 아닙니다. 일을 하기 싫은 것뿐이죠."

"당신 눈에는 지금 일하고 있는 저들이 보이지 않는 모양이군요."

"잘 보입니다. 무척이나 잘 보여요. 그런데 그거 아십니까?"

"뭘……."

"자유 도시 린델 내에 이런 일자리는 널리고 널렸습니다."

'조금 위험한 일이기는 하지만.'

"물론 저와 함께 일하는 게 조건이 좀 더 좋은 건 사실이지만 비슷한 일은 많습니다. 동쪽 지역은 재개발에 들어갔고 붉은 용병 길드에서도 이번에 마탑을 만드는 데 필요한 잡역부를 구하고 있다고 하더군요. 그뿐만이 아닙니다. 튜토리얼 근처에서도 현재 대규모 공사가 벌어지고 있다는 건 아십니까? 아마 저들도 대충은 알고 있을 겁니다."

"……."

"어제 그 자리에서 제가 저들의 근로 의욕을 조금 고취시키기는 했습니다. 자신들이 개돼지가 아니라는 걸 증명하고 싶었겠죠. 버림받은 자들의 성녀님이 지켜봐 주시고 있다는 것에 달라진 모습을 보여주고 싶을 수도 있습니다. 그렇죠. 분명히 그럴 겁니다."

"그런……."

"저들은 선동당한 겁니다. 아마 자신들이 선동당했다는 것도 모를 겁니다. 제가 저들을 부정적인 방향이 아니라 긍정적인 방향으로 이끌었기 때문이죠. 뭐, 아무리 그렇다고는 해도 이것도 얼마가지 않을 겁니다."

"뭘……."

"인간의 본성이란 건 그렇게 쉽게 변하지 않습니다. 지금 당장은 의욕적이겠지요. 제 눈에도 그게 보입니다. 저들이 가지고 있는 긍정적인 에너지가 보여요. 그렇지만 길어야 한 달이 지나지 않을 겁니다. 땡볕에서 힘들게 일하는 것보다는 빈민촌에서 뒹굴면서 시간을 보내던 때가 그리워질 겁니다. 당신이 주는 안식처가 그리워질 때가 올 겁니다. 숨이 턱 끝까지 차오르는 고통을 겪고 싶은 사람은 없으니까요."

"무슨 생각을 하시는지는 잘 알겠지만 당신의 말은 맞는 게 없어요. 사람은 충분히 바뀔 수 있어요."

"그럼 우리 버림받은 자들의 성녀님께서 저들을 바꿨다는 추론은 어떻습니까. 평범한 사람들을 받아먹기만 하는 짐승들로 만든 겁니다.”

“당신!”

‘너무 심했나.’

부들부들 떨고 있는 선희영이 시야에 비쳤다.

따귀라도 한 대 올리고 싶은지 입술을 꽉 깨물고 있다. 심지어 저 큰 눈에 눈물이 고이기 시작했다.

아무것도 모르는 아가씨를 너무 심하게 몰아붙인 건 아닌지 생각해 봤지만 이 정도 자극은 필요하다고 생각했다.

내 말이 틀리다고 믿으면서도 마음속에 싹트고 있는 의구심을 지우지 못할 것이다.

‘혹시 저 남자의 말이 사실이라면?’

그런 작은 의구심만 생겨도 남을 봉사하며 자신의 가치를 찾는 여자는 망가질 것이다.

우리 버림받은 자들의 성녀님은 무척 유약해 보였으니까.

“당신 생각대로는 되지 않을 겁니다. 저 사람들이 당신의 생각대로 움직인다는 건 오만이고 독선이에요. 세상은 절대로 당신 생각대로 돌아가지 않아요.”

“글쎄요.”

“서, 설사 그렇게 된다고 해도…… 제가 보기에는 저들이 당신보다 훨씬 가치 있습니다.”

"그렇게 생각하는 근거가 있습니까?"

"굳이 이유를 찾지 않아도 너무나도 뻔하게 알 수 있는 부분입니다."

"혹시 언더독 효과라고 들어보였습니까?"

"……."

"힘의 차이로 선한 사람과 악한 사람을 구분하는 기본적인 오류를 뜻하는 단어입니다. 버림받은 자들의 성녀님."

"……."

"가난하다고 해서 착한 것은 아닙니다."

"……."

"아마 당신의 앞에서는 그저 순박하고 착하기만 한 사람일 수도 있겠지요. 분명히 당신 앞에서는 이 사회 시스템에 희생된 입장을 연기할 겁니다. 그렇지만 저들도 어딘가에서는 가해자입니다. 빈민촌은 천사들이 사는 천국이 아닙니다. 저희가 살고 있는 곳과 같은 사회입니다. 그래요. 사회요. 온갖 더러운 일과 믿을 수 없는 일들이 비일비재한 사회 말입니다."

"사회는 당신이 생각하는 것처럼……."

"썩었습니다. 인간이 있는 곳은 갈등이 있게 마련입니다. 믿지 못하시겠다면 작은 실험을 추천하고 싶군요."

"무슨."

"당신이 직접 빈민이 되어보는 겁니다. 저들을 구해주는 성녀가 아니라 저들과 같은 위치에 있는 빈민으로 생활해 보는 겁니다. 그러면 느끼는 것이 있겠지요. 일주일? 아니, 단 하루면 충분할 겁니다."

"그럴 수는……."

"뭘 걱정하고 있는지는 알고 있습니다. 당신이 없으면 하루 굶을 사람들을 걱정하고 계시겠지요. 그렇지만 하루 정도는 괜찮습니다. 당신을 따라서 봉사를 하고 있는 멋진 친구들이 있지 않습니까."

'네가 없으면 나타나지도 않을 테지만.'

당연하지만 그 친구들 입장에서도 성녀가 없다면 굳이 빈민촌을 찾을 이유가 없다.

나는 한 번 더 입꼬리를 올리며 슬쩍 입을 열었다.

"아니면 혹시 자신이 없으신 겁니까?"

"그렇지…… 않아요."

"준비는 이쪽에서 해드리도록 하죠. 빈민 체험이라고 생각하시면 편할 겁니다."

"당신 정말…… 역겨운 사람이군요."

"자신이 있다면 응하시면 됩니다."

"자신이 있고 없고는 문제가 아니에요. 그들은 동물원의 동물들이 아니에요. 당신은!"

"응하실 겁니까. 응하시지 않으실 겁니까? 만약 우리 성녀님께서 응하신다고 한다면 저 역시 성녀님의 뜻에 감복해 봉사활동을 하고 싶어질지도 모릅니다. 어려운 이들을 도울 수 있는 기회입니다. 응하시는 게 맞죠."

"후회할 거예요."

"글쎄요. 후회하는 건 제가 아니라 당신이 될 겁니다."

입술을 꽉 깨물고 등을 돌리며 멀어지는 모습은 꽤나 가관.

'너무 순진한데.'

지구가 아니라 이곳에 온 이후에도 저런 순진함을 유지할 수 있다는 건 어떻게 보면 축복이다.

자신의 생각이 틀리지 않았음을 증명하려고 할 테지만 모르긴 몰라도 고생깨나 할 것을 생각하니 나도 모르게 웃음이 나왔다.

다시 고개를 돌려 정면을 바라보자 열심히 일하고 있는 사람들을 볼 수 있었다.

의미 없는 바위 옮기기에 열과 성을 쏟고 있는 모습이 그대로 눈에 들어온다.

"어이! 거기!"

"이건 못 옮길 것 같은데?"

"다 같이 들면 될 겁니다."

"어이 김씨! 빨리 빨리 와봐!"

"이것만 끝마치고 갈게요!"

'훈훈하네.'

선희영이 시야에서 사라지자 정하얀이 이쪽으로 후다닥 달려왔다. 조금은 불안한 표정이었지만 살짝 안아주자 기분이 풀리는 모양.

한쪽 손에 들고 있는 공책을 보니 맡긴 일은 열심히 한 것 같았다.

"오빠."

"제대로 잘하고 있지?"

"네."

"한번 들어볼까?"

"네! 그…… 그러니까."

"응."

"13번 실험체는 조금 무기력한 모습인 것 같아요. 25번은 화가 나 있는 것 같고…… 7번이랑 8번은 열심히 일하고 있는 것처럼 보였어요."

"아까 조금 안쪽에서 소란스러운 소리가 들리던데."

"56번이랑 75번이었어요. 일하는 도중에 뭔가 문제가 생긴 것 같았는데…… 그, 그쪽까지는 제대로……. 죄송해요."

"아니, 문제가 있다는 걸로도 충분해. 38번은 좀 어때?"

"아. 38번은 조금 설렁설렁 움직이는 듯한 느낌이에요. 안 보이는 곳에서 조금씩 쉬고 있는 것 같기도 했고요. 그리고…… 그만 두겠다는 소리를 하기도 했고요. 93번이랑 95번은 38번의 말에 동조하기도 했어요."

"아아아. 그렇구나. 괜찮은 결과네."

"네."

"고생했어, 하얀아. 이건 고맙다는 선물."

"오…… 오빠."

"그리고 혹시나 해서 말인데 겉모습을 바꾸는 마법이 가능할까?"

"그건 잘……."

"마력으로 살짝 모습을 바꾸는 정도면 될 거야. 환상 마법 같은 개념처럼. 어려울까?"

"아! 그 정도라면 가능할 것 같아요. 그런데 왜……."

그야.

"세상 물정 모르는 공주님한테 사람 사는 곳이 얼마나 더러운지 보여줘야 될 것 같아서."

정하얀이 환하게 웃고 있는 모습이 시야에 들어왔다.

"네. 그러네요."

괜스레 얼굴을 떠올리는 것만으로도 왠지 모르게 손과 발이 부들부들 떨려왔다. 화가 난 것은 아니다. 단순히 이해하기 힘들었을 뿐이다.

'나는 잘못되지 않았어.'

당연하다. 사람을 돕는 것은 무척이나 당연한 일. 그래, 무척이나 당연한 일이다.

'아무것도 모르고 있어.'

들어오고 싶어서 빈민촌에서 사는 사람은 없다. 모두 각자의 사연을 가졌을 뿐이다.

길드나 클랜의 컨택을 받지 못한 자도 있고 사냥을 나가다 어딘가 불구가 되어 어쩔 수 없이 찾아온 이도 있다. 병든 가족 때문에 거리로 내몰린 사람도 있는가 하면 일을 구하지 못하는 경우도 있었다.

말하자면 이 사회가 저들을 거리로 내몬 것이다.

린델은, 신성제국은, 아니, 이 대륙 자체가 잘못되어 있다.

약자를 배려할 줄 모르는 사회. 그리고 이기적인 사회.

복지혜택이 있다고는 하지만 빈민들은 혜택을 누리지 못하고 있다.

자기 자신의 이익만을 움직이고 있는 이 대륙에서 누군가는 나서야 했다.

"위험하실 겁니다."

"아니요. 위험하지 않을 거예요."

"뭐, 어떻게 생각하든지 간에 그건 사제님의 자유입니다. 그렇지만 최소한의 안전장치는 마련하시는 게 좋을 겁니다. 언제 어떻게 무슨 일이 벌어질지 알 수 없으니까요."

"어째서 그렇게 생각하시죠?"

"도리어 제가 여쭙고 싶군요. 어째서 그런 걱정을 안 하십니까?"

"당신이 저를 이해 못 하는 건, 당신이 저들을 제대로 보지 않기 때문이에요."

"제 대답도 같습니다. 사제님은 저들을 제대로 못 보고 계십니다. 저들은 그저 불쌍하고 도움이 필요한 이들이 아닙니다. 도움이 필요한 것은 일어서려고 하는 사람이지 자의로 누워 있는 자들이 아닙니다."

"더는 그 궤변을 듣고 싶지 않네요."

"네네. 궤변으로 들리시겠지요. 어련하시겠습니까."

"그럼 말씀하신 대로 이만 떠나보겠습니다. 약속해 주신 것은 지켜주셨으면 합니다."

"네. 여부가 있겠습니까. 부디 안녕히 다녀오시길."

굳이 대답할 가치도 없다. 아니, 애초에 이런 모습으로 빈민촌에 간다고 해도 달라지는 것은 없다.

사실 이런 장난 같지도 않은 제안에 응할 필요도 없었다. 그럼에도 굳이 이런 일에 어울려 주는 이유는 하나.

'나는 틀리지 않았어.'

내가 틀리지 않았다는 것을 증명하고 싶으니까.

저 남자가 잘못되었다는 걸 증명하고 싶으니까.

단순히 멀리서 지켜보는 것과 그들과 함께 호흡하며 생활하는 것은 분명 차이가 있다.

모두 순진한 사람들뿐이다.

별것 아닌 도움에도 눈물을 흘리며 감사의 인사를 하던 노부부도 있었고 보답이라며 꽃을 꺾어 주던 꼬마아이도 있었다.

그 남자가 보지 못했던 많은 것을 나는 근 2년 동안 지켜봐왔다. 함께 소통하고 대화하며 오랜 시간을 지내왔다.

'보지 않았으니까 저런 소리를 하는 거야.'

조금씩 발걸음을 옮기자 어느덧 분위기가 점점 어두워졌다.

매일 왔던 장소지만 조금은 낯설다.

식사를 할 시간임에도 아직까지 봉사하는 이들이 보이지 않는 것을 보면, 오늘은 뭔가 사정이 있는 모양이다.

이곳은 언제나 같다.

악취가 코를 찌르지만 이제는 적응된 지 오래.

그 덕분인지 처음에 비하면 지금은 아무렇지도 않게 다닐 수 있다.

주변을 둘러보자 여전히 무기력하게 누워 있는 이들이 시야에 들어온다.

잡담을 나누는 이도 보이고 다른 지역을 바라보는 사람도 볼 수 있었다.

아이들을 챙겨주는 사람도 있고, 서로 팔짱을 끼고 걷고 있는 연인도 있다.

그 남자의 말이 맞다.

이곳 역시 사람이 사는 곳이다.

무척 평범한 사람들이 사는 곳.

편의시설도 없고 변변치 않은 식당도 없으며 제대로 된 집조차 없지만.

괜스레 웃음이 나온다.

'좋아.'

조금 더 안쪽으로 들어서자 역시나 옹기종기 모여 있는 사람들이 보였다.

'광장.'

제대로 된 광장이라고는 볼 수 없다.

아무것도 없는 허허벌판이었던 이곳은 내가 찾기 시작하며 자연스럽게 사람들이 모이는 장소가 되었다. 하여 광장이라고 부를 뿐이다.

말하자면 이곳은 빈민들이 쉼터라고 부르는 상징적인 공간이다.

한쪽에 조용히 자리를 잡자 익숙한 얼굴들이 눈에 들어왔다.

'분명히.'

분명히 그 남자가 데려간 남자 중에 한 명.

일터에 있어야 할 그가 이 시간에 이곳에 있는지 알 수 없었지만, 아마 무언가 사정이 있으리라.

그렇게 조용히 주변을 살피고 있었던 그때, 커다란 목소리가 들리기 시작했다.

"김씨! 오늘은 일 안 나갔어?"

"무슨 일?"

"그 눈 째진 놈이 고용한다고 했잖아."

"아아아. 때려 쳤어."

"뭐?"

"거 드럽게 힘들더라고. 무슨 바위를 옮기라고 하는데 솔직히 나랑 맞는 일은 아니야."

"뭐? 이제는 진짜 새로 시작한다 어쩐다 하지 않았어?"

"잠깐 그런 생각을 하기는 했지. 근데 거기서 쌔빠지게 일하나 여기서 그년이 주는 밥 처먹으면서 지내나 별로 차이도 없는 것 같더라고."

"누가 들으면 욕해, 이 사람아."

"들으라지. 분위기 보니까 오늘은 오지도 않을 것 같은데……. 괜히 일한다고 개지랄을 떤 것 같단 말이야. 이제 여기 안 오면 어떡하지?"

"아마 오겠지. 오늘 하루는 아플 수도 있고."

"사제가 아픈 게 말이 돼?"

"그날일 수도 있으니까. 아무리 사제라고 해도 자연의 섭리는 거스를 수 없지 않겠어?"

"그것 참 말 되네."

'어?'

뭔가 이해할 수 없는 발언이었다.

혹시나 잘못 들은 것은 아닌지 다시금 귀를 기울였다.

그러나 잘못 들은 것이 아니었다. 분명 이해할 수 없는 말이 오고 갔다.

'아…….'

"거, 엿 같네. 배고파 죽겠는데. 몸은 나른하고……."

"잠깐 저거 못 보던 얼굴인데?"

"아……."

정확히 나를 가리킨 것 같지는 않지만 괜스레 움츠러들었다.

대충 손으로 얼굴을 가린 이후에 광장을 빠져나갔다.

어째서 도망쳤는지 알 수 없었다.

그저 저곳에 계속 있으면 안 될 것 같은 느낌이 들었을 뿐이다.

정확히 말하면 저들의 대화를 더 이상 듣기 싫었기 때문이었지만 여러 생각을 할 여유가 없었다.

'당신이 저들을 길들인 겁니다.'

그 남자의 목소리가 머릿속에 들려왔다.

손바닥이 뒤집히듯 계속해서 이해할 수 없는 풍경이 시야에 들어왔다. 지금까지 보지 못했던 광경이다.

"싸게 해줄게."

"돈 냄새는 기가 막히게 맡네."

"그야 그 남자 따라간 걸 알고 있으니까."

"푸핫."

팔짱을 끼고 걸어가는 연인은 이제 연인처럼 보이지 않는다.

창부와 창부를 찾는 중년이다.

"겨우 이거야?"

"죄…… 죄송합니다."

"애새끼들이 빠져가지고."

"아악!"

아이들과 함께 있던 남자 역시 어린이들을 돌보고 있는 것이 아니다.

길거리에 있는 부랑자들은 싸구려 럼주로 목을 축이고 있었고, 다수가 소수를 핍박하거나 남자가 여자들을 희롱하는 목소리도 들려왔다.

길거리에 토악질을 한 이후에 그대로 두는가 하면 누워서 고통을 호소하고 있는 이를 못 본 척 지나치는 이들도 시야에 비쳤다.

"어이!"

지금까지 들을 수 없었던 욕설은 무척이나 당황스러울 지경.

'당연한 거야.'

어느 곳이나 똑같다.

굳이 흔들릴 이유는 없다.

어떤 곳에서도 질 나쁜 사람은 존재한다. 일부로 전체를 판단한다는 건 지양해야 한다.

그렇지만 불현듯 찾아온 생각에 마른 침을 삼킬 수밖에 없었다.

'만약에 그 남자의 말이 옳다면?'

정말로 내가 잘못 알고 있는 것이라면?

'내가 본 것이 일부고, 그가 본 것이 전체였다면?'

지금까지 제대로 보지 못하고 있었던 것이 자신이었다면.

여러 생각이 복잡하게 얽힌다. 그동안 보지 못했던 것들이 눈에 들어온다. 이들에게 도움을 주는 입장에 있었을 때는 전혀 보지 못했던 것들이다.

'그들도 어딘가에서는 가해자일 겁니다.'

그의 말이 맞다.

약자라고 생각했던 이들도 어딘가에서는 가해자. 어느 곳에서는 가해자다.

지금까지 내게 화가 미치지 않은 것은 어디까지나 내가 저들보다 위에 있었기 때문이다.

지금까지 피해자가 되지 않았던 것은 좋은 옷을 입고 강자들의 집단에 둘러싸여 있었기 때문이었다.

지금과는 상황이 조금 다르다.

그 남자가 위험할 거라고 말한 이유를 깨닫는 것은 그 순간.

'나가야 해.'

지금 나는 이 사회의 구성원으로밖에 보이지 않는다. 마른 침을 삼키며 서둘러 발걸음을 옮겼을 때였다.

"찔리기 싫으면 움직이지 마."

등 뒤로 목소리가 들려온 것.

가래가 들끓는 것처럼 느껴지는 목소리였다.

그것보다 더 신경 쓰이는 것은 등 뒤에서 느껴지는 날붙이의 존재였다.

"네…… 네?"

"씨불년."

"……."

"걸려들어도 이런 월척이 걸려들었네. 그렇게 후드로 꽁꽁 싸매고 있으면 여잔지 모를 거라고 생각했어?"

"무, 무슨 짓을……."

"알면서 묻는 거야? 아니면 몰라서 묻는 거야?"

"이…… 러지 마세요."

"이런 밤에 혼자 돌아다니면 얼마나 위험한지 알고 있는 거지?"

"사, 살려……."

"죽이진 않을 테니까 안심해도 돼. 죽이면 쓰나."

무슨 일이 일어나고 있는지 대충은 이해할 수 있었다.

등에 날붙이가 닿는 느낌이 확실히 전해졌다.

주문을 외워야 한다고 머릿속으로 끊임없이 생각하면서도 입이 떨어지지 않았다. 너무 갑작스러웠다. 처음 겪는 상황이라 몸이 떨렸다.

나도 모르게 그 자리에 철퍽 주저앉았을 때 뒤에서 누군가 머리를 후려쳤다.

"꺄아아아아악!"

자연스럽게 몸이 옆으로 넘어간다.

정신을 차리기도 전에 머리카락을 붙잡는 억센 손길.

도움을 청하기 위해 필사적으로 주변을 살폈지만 남자들은 오히려 재미있다는 듯이 조용히 나를 관찰했다.

"도…… 도와……."

아는 사람도 있었다.

배식시간에 모습을 보였던 사람도 있다.

어제만 해도 함께 웃고 떠들던 이들이다.

분명히 이런저런 사연을 가지고 있는 이들이었고, 모두 순박한 사람이었다.

당연히 도와줄 거라고 생각했다.

잘못된 일이니까.

그렇지만 누구 하나 도움의 손길을 뻗지 않았다. 시선을 피하거나 손가락질하면서 웃거나.

보여주는 반응 모두 같았다.

"이러지 마세요. 사…… 살려주세아아아악!"

복부를 후려치는 주먹.

억센 손길로 뺨을 쳤다.

입안이 터지는 느낌이 들었지만 공포 때문인지 더 이상 비명조차 나오지 않았다.

주문을 외우려고 신성력을 일으키자 커다란 주먹이 눈앞으로 다가왔다.

"아아아악!"

"……."

"이러지 마세요. 이러지……. 누군가 도와주세요. 제발…… 도와주세요."

"여기 있는 놈들이 다 나 같은 놈들인데 뭘 도와 달라야? 너…… 신입이지?"

"아, 아니에요."

"그걸 알면서도 여기 들어오셨어? 그것도 혼자. 푸흣. 나 잡아먹어 줍쇼. 하는 거야, 뭐야."

빈민촌을 지칭하는 것이 아니다.

이 남자가 말했던 지역이 광장의 서쪽 지역을 깨닫는 것은 순식간.

어째서 이곳이 들어오면 안 되는 건지 이해하기 힘들었다. 봉사가 있는 날이면 항상 걸어 다니던 곳이었으니까.

생각을 정리하기도 전에 커다란 얼굴이 바로 앞으로 드리운다.

"좋은 가격에 팔 수 있을 것 같은데……."

화상으로 문드러진 한쪽 얼굴. 여기저기가 썩어 문드러진 것처럼 보였다. 입과 몸에서 나는 악취 때문에 헛구역질을 하게 될 정도였다.

"우욱."

"아가씨, 내가 역겨워?"

"아…… 아니."

다시 한번 고개가 돌아간다.

왼쪽 뺨에 통증이 느껴지기도 전에 목을 조르는 억센 손길.

숨을 쉬기가 힘든 와중에도 몸 전체에서 정체를 알 수 없는 통증이 느껴진다.

"내가 역겨워?!"

“아아아아악!”

“내가! 내가 역겨워?!”

“사, 살려. 누가…… 도와꺄아아악!”

‘죽을 거야…….’

“앞으로 더 역겨운 꼴을 당하게 될 텐데 비위가 이렇게 약하면 안 되지. 응? 지금보다 더한 곳으로 팔려가게 될 텐데 말이야. 물론 그전에 우리랑 즐거운 시간도 보내고. 응? 그렇게 될 거야.”

‘도와줘.’

“제발 도와…….”

“아가씨. 뭘 자꾸 도와달라고 말하는지 모르겠는데. 여기서 누가 아가씨를 도와줄 것 같아? 도움이 필요하면 근처 클랜 자경단한테 가서 도와달라고 해야지. 여기에서 아가씨를 도와주려고 하는 사람은 아무도 없어요. 다들 지 살기 바쁜 연놈들이라고.”

“제발…….”

“병신 같은 년. 푸흐흐흐.”

‘도와줘…….’

무척이나 흥미롭다는 표정으로, 앞으로 무슨 일이 일어나는지 기대하는 표정으로, 나를 지켜보는 이들. 누군가를 구하는 것에는 관심없어 보였다.

'위험할 겁니다.'

"아, 안 돼."

'그들도 어딘가에서는 가해자일 겁니다.'

"도와줘요. 누군가, 제발……."

'도움이 필요한 것은 일어서려는 사람이지 누워 있는 자들이 아닙니다.'

"잘못했어요. 제발…… 도와줘."

'저들을 개돼지로 만든 게 바로 당신이야.'

"구해줘요. 잘못했어요! 제발! 아아아악! 그만! 그만!"

"그러게 제가 뭐라고 했습니까, 사제님."

"아……."

"가난한 자들이 전부 착한 것은 아니라고 하지 않았습니까."

고개를 돌리자 가장 보기 싫은 사람이 있었다.

고개를 숙이자 꽤 충격 받은 듯한 얼굴을 볼 수 있었다.

그녀가 무슨 일을 당했는지는 알고 있다. 처음부터 끝까지 이 철없는 여자의 모험을 지켜보고 있었으니까.

그녀의 얼굴은 눈물과 콧물로 범벅이 되어 있었고 공포에 질려 있다.

나를 확인하자마자 하늘에서 내려온 동아줄을 보는 듯한 표정을 보내오고 있지만, 딱히 동정심이 들지는 않았다.

무엇보다 재미있었던 것은 온도 차.

오늘 아침에 보여줬던 모습과 180도 달라져 있는 것을 보자 괜스레 입꼬리가 올라갔다.

'역시 인간은 재밌네.'

그녀가 보호해 주던 빈민들이 이제는 가해자가 되어 있고 그녀가 경멸하던 나는 그녀의 구원자가 되어 있는 상황이다.

웃음이 나오지 않는 게 이상할 것이다.

개인적으로 제일 재미있어 하는 상황이다.

많이 맞았는지 얼굴은 부어올라 있었고 머리는 산발이다. 걸친 옷은 반 이상이 찢겨져 있다.

몸 여기저기에 멍이 들기 시작했고 어딘가에 긁혔는지 피를 흘리고 있는 모습은 처음 봤던 단정한 모습과는 딴판이다.

아마 내가 나타나지 않았다면 큰일이라도 당했을 것이다.

"아아……."

눈 한가득 고여 있던 눈물이 결국 떨어졌다.

선희영의 머리카락을 잡아당기는 남자와 차례를 기다리고 있는 것처럼 보이는 부랑자들이 나를 바라보고 있는 것이 느껴졌다.

"넌 또 뭐야."

“그건 네가 알 필요 없다, 쓰레기.”

“나 참. 어이가 없어서 말이 안 나오네. 누구냐고, 이 새끼야.”

“움직이지 마라.”

당연히 여기 있는 이들을 전부 싸잡아 죽일 자신은 없다.

난 연약한 마법사고 저들은 다수니까.

그렇다고 내 뒤에서 주문을 외우고 있는 정하얀을 믿고 있는 것도 아니다.

내가 믿고 있는 것은 오히려 저들.

자신들의 욕망을 풀기에 정신이 없었던 쓰레기들이다.

약자에게 강하고, 강자 앞에선 약한 인간.

아니나 다를까. 조심스러워 하는 표정이 보인다. 나나 정하얀의 행색은 저들과 다를 바 없지만 지나치게 당당한 모습에 위축감을 느끼고 있는 것이다.

“어…… 어디서 오셨습니까.”

“네가 알 필요는 없다.”

“그게…….”

살짝 뒤를 돌아보자 정하얀이 외우고 있었던 주문을 내뱉었다.

사방을 잠식한 정체불명의 마력이 저들을 포박하기 시작. 이해할 수 없는 상황에 여기저기서 비명이 튀어나왔다.

동그란 눈을 뜨고 벌벌 떨고 있던 선희영도 이쪽으로 허겁지겁 달려오기 시작했다.

자신이 살아남을 유일한 길을 인지한 것이다.

"위험하다고 말하지 않았습니까."

"감사합니다. 감사합니다. 도와주셔서 감사합니다."

"조금 떨어지셔도 됩니다. 사제님은 안전하니까요."

이쪽의 바짓가랑이를 잡고 있는 모습.

"어떻습니까? 이곳저곳 둘러본 감상은."

"감사합니다. 도와주셔서 감사합니다. 빨리, 빠…… 빨리. 빨리 나가요. 빨리."

아무래도 제대로 사고하는 게 불가능한 모양.

지나친 공포 때문에 어서 이곳을 벗어나야 한다는 생각 외에는 못 하는 듯싶다.

어떤 식으로 튜토리얼을 겪었는지는 모르겠지만 이 여자는 확실히 이런 상황에 대한 내성이 없다.

조금은 진중한 대화를 나누고 싶었던 내 입장에서는 똥 밟은 느낌이다.

이건 별로 좋지 않다. 단순히 그녀를 구출하는 것보다는 조금 더 심도 깊은 대화를 나누고 싶다.

"이거 놔."

"네?"

"이거 놓으라고, 세상 물정 모르는 여자야. 다시 저기로 던져 버리기 전에."

"그, 그러지 말아주세요. 제발. 제발……."

"어떤 것 같아?"

"뭐가……."

"네가 불쌍하다고 생각한 이들을 가까이서 보니까 어떤 것 같아?"

"다, 당신 말이 맞아요. 당신이 맞았어요. 전부 다 맞아요."

제대로 생각하지 않고 있다. 그녀의 얼굴에 깃든 것은 절박함뿐이다. 자신의 생각에 대한 후회가 아니라 단순히 이 상황을 모면하기 위한 필사적인 외침이다.

"하얀아, 마법 풀어."

"네. 오빠."

"하지 마세요! 하지 말아주세요!"

당연하지만 저들에게 걸려 있는 포박 마법을 푸는 것이 아니다.

선희영에게 걸려 있는 환각 마법. 그녀의 얼굴을 그대로 드러내기 위함이다.

정하얀이 천천히 마력을 거두자 선희영의 얼굴이 훤하게 드러났다.

"저쪽 똑바로 쳐다봐."

"네?"

우리 소중한 사제를 핍박하던 쓰레기들의 얼굴도 파랗게 질리기 시작한다. 자신들이 건드린 사람이 누구인지 깨닫고 있는 것이다.

후회하는 표정보다는 일이 꼬였다는 표정이지만 사람을 잘못 건드렸다는 것 정도는 깨닫고 있을 것이다. 뭇 클랜의 사랑을 받고 있는 중요한 인재를 해코지한 셈이니까.

욕지거리를 내뱉고 있는 놈들을 보니 웃음이 나올 정도.

"사……."

"살고 싶어?"

고개를 끄덕이는 이들이 보였기 때문에 곧바로 입꼬리를 올리며 말했다.

"이 여자…… 죽일 수 있겠어?"

무슨 소리를 하는지 모르겠다는 얼굴이다.

조금 더 부연설명이 필요한 것 같아 다시 한번 말을 이었다.

"아니, 굳이 죽이지는 않아도 돼. 너희가 하고 싶었던 장난이나 그동안의 스트레스를 이 여자한테 풀어보는 거야. 동경의 대상이었잖아. 버림받은 자들의 성녀님은. 그렇지 않아?"

뭔가에 홀린 듯이 고개를 끄덕이는 금수 같은 놈들이 시야에 비쳤다.

"어째서…… 그런 말씀을 하시는 겁니까."

"개인적으로 이 여자한테는 조금 안 좋은 감정을 가지고 있기도 하고, 좋은 구경거리가 될 것 같기도 하고. 굳이 너희 같은 쓰레기들이 알 필요는 없어. 중요한 건 하느냐 하지 않느냐. 이건 내가 너희에게 주는 기회야."

"……."

"거절하면 죽는다."

"하, 하겠습니다."

"그래야지."

조금 멍한 표정의 선희영이 눈에 띄었다.

"형, 형님……. 어떻게."

"닥치고 시키는 대로 해, 이 새끼들아. 어차피 달라질 건 없으니까."

"정말 하고 싶은 대로 해도 되는 겁니까?"

작게 고개를 끄덕이며 말을 잇는다.

"물론. 마저 해도 상관없다."

"정말입니까?"

"운이 좋은 건지 나쁜 건지 모르겠지만 일단은 살려주셔서 감사합니다."

"형님, 그래도……."

"닥쳐, 이 새끼야. 어차피 이년도 다른 놈들이랑 똑같아. 버림받은 자들의 성녀는 개뿔. 아까 질질 짜는 거 못 봤어? 하기 싫으면 넌 빠져, 고자 새끼야."

"빠, 빠진다는 건 아니지만……."

"애초에 마음에 안 들었다 이거야. 지가 뭔데 남을 돕네 마네 하면서 지랄병을 떨어? 덕분에 굶지 않아서 고맙기는 한데 언젠가 이렇게 될 줄 알았다니까. 푸흐흐. 원래 사람일이라는 게 어떻게 응? 어떻게 될 줄 모르는 거 아니겠어?"

"맞는 말입니다."

화상 자국을 가진 남자는 분위기를 탔는지 꽤나 이쪽에 유리한 소리를 해주었다.

생김새만 봐도 개자식이라는 건 대충 예상할 수 있었지만 내 예상을 훨씬 뛰어넘는 개자식의 등장에 웃음이 나올 지경이었다.

선희영은 더 이상 공포에 질려 있지 않다.

오히려 체념한 듯했다.

지금 무슨 생각을 하는지 정확히 알 수는 없지만 아마 나보다 훨씬 당황스러울 것이다.

자신이 평생을 바쳐 봉사해 왔던 대상에게 부정당하고 있다는 것이 어떤 기분인지는 모르겠다.

그러나 아마 정하얀이 나를 잃어버린 기분과 비슷한 것을 느끼고 있으리라.

결국.

“흐으윽.”

하는 소리와 함께 처량한 울음이 터져 나왔다.

“푸흐흐흐흣.”

양심이 찔리지도 않는지 웃음을 터뜨리고 있는 금수들의 모습은 꽤나 가관이다.

솔직히 보기 좋은 장면은 아니다.

나는 천천히 발걸음을 옮겼다. 내가 다가가자 선희영을 둘러싸려고 하던 이들이 천천히 물러서는 것은 당연지사.

천천히 선희영에게 시선을 돌리자 뭔가 형용하기 어려운 표정으로 나를 바라보는 것이 보였다.

“이렇게…… 흐윽. 이렇게까지 할 필요는 없었잖아요.”

“이제야 대화가 통하겠네요.”

“이렇게까지 할 필요는 없었잖아요……. 흐윽.”

“조금 더 현실을 바라봐줬으면 하는 마음에서 도움을 드린 것뿐입니다. 그래서 어떻습니까? 이곳은?”

“당신이 옳았어요. 흐윽. 당신이 옳았다고요. 제가 틀렸어요. 제가…….”

“아니요. 그게 아닙니다.”

“뭐…….”

“당신은 틀리지 않았습니다.”

“무슨…….”

"말 그대로입니다, 선희영 님. 당신은 틀리지 않았습니다. 당신은 숭고합니다. 다른 이들을 위해서 희생할 수 있다는 건 평범한 사람으로선 힘든 일이지요."

"……."

"저는 당신을 존중합니다. 제가 당신이었다면 매일같이 일어나 이런 자들을 위해 봉사할 수 없었을 겁니다. 무언가를 바라고 한 행동이 아닙니다. 길드나 클랜의 지원을 받을 수 있었음에도 당신은 물욕을 탐하지 않고 자기 자신의 가치를 지켜냈습니다. 가장 앞장서서 이들을 위해 움직였습니다. 암. 그럼요."

멍한 표정이다.

내가 지금 무슨 말을 하고 있는지 이해하지 못하고 있는 것이다.

"당신은 다른 이들보다 더 낮은 위치에 있습니다. 실례지만 당신이 지내는 곳을 살펴봤습니다. 당신이 가지고 있는 사회적 위치를 생각해 본다면 절대로 어울리는 장소가 아니지요. 당신은 모든 것을 양보했습니다. 말 그대로 모든 것을요. 다른 사람들도 움직였지요. 여러 클랜과 길드가 빈민들에게 관심을 가지도록 했습니다. 그래요. 당신은 숭고합니다."

"바, 바보 같은 소리예요."

"당신이 저들을 개돼지로 만든 것이 아닙니다. 제가 전에

했던 소리는 제가 가지고 있지 않은 것을 가지고 있었던 당신에 대한 질투였습니다. 숭고하고 아름다우며 진실한 그 모습은 제가 가지지 못한 것이니까요. 꼬여 있는 건 저였습니다."

"……."

질질 짜고 있는 모습이 눈에 들어온다.

위로받고 있다고 느끼는 것인지, 아니면 지금 처한 상황에 대한 눈물인지는 모르겠지만 최소한 그녀의 생각이 달라졌다는 것 정도는 인지할 수 있었다.

"당신은 절대로 잘못되지 않았습니다."

"네……. 흐윽."

"당신은 숭고해요."

"네……."

"존경할 만한 사람입니다."

"네……."

"잘못된 것은."

"네……."

"저들이지요."

"네."

"은혜도 모르는 금수 같은 개돼지들이야말로 잘못되었습니다."

"……."

“자신들이 무엇을 받은 건지도 모르고 당신을 배신한 자들이야말로 잘못되었습니다. 이런 자들이 린델을, 신성제국을, 사회를 썩게 만드는 겁니다. 숭고한 이들이 계속해서 사회에 이바지해도 이런 자들이 남아 있기 때문에 나아지지 않는 겁니다. 그래요. 이런 자들 때문입니다. 빈민촌이 나아지지 않는 것도, 쓸데없는 오해를 받는 것도, 당신의 숭고함이 빛바랜 것도 모두 저들 때문입니다.”

“……흐윽.”

“일어서려고 하는 자들이 아닌, 일어설 생각도 하지 않는 이들이 이곳을 썩게 만드는 겁니다.”

“네. 네.”

“자, 그럼.”

“…….”

“진정한 의미의 봉사를 시작합시다, 사제님.”

내 개소리에 대한 대답은 들려오지 않았다.

다만.

천천히 일어나 내가 건네는 단검을 받아드는 선희영이 눈에 들어왔다.

“함께 아름다운 린델을 만들어 가도록 합시다.”

무언가 알 수 없는 얼굴 표정이 시야에 들어왔다. 입을 꽉 깨물고 있는 것은 물론, 굉장히 진중한 표정이다.

솔직히 나도 선희영이 이 정도로 의욕적인 모습을 보여줄 거라고는 생각하지 못했다.

물론 몇 가지 장치를 해두기는 했지만 내 생각보다 훨씬 더 적극적으로 움직이고 있다.

겁을 집어먹고 머뭇거리는 것을 예상했지만 그녀의 생각은 조금 다른 모양.

'약발이 잘 받는 건가.'

물론 덜덜 떨리는 손과 발을 보면 무의식 어딘가에서는 지금 이 상황에 거부감을 느끼고 있는 것 같기도 하다.

이미 피폐해질 대로 피폐해진 정신은 그녀에게 정상적인 사고를 허락하지 않는 것처럼 보였다.

'좋네.'

엉망이 된 얼굴에 깃든 표정의 정체는 사명감.

내 생각이 정확한지 알 수 없지만 지금 선희영의 얼굴 속에 담긴 것은 틀림없이 사명감이다.

천천히 단검을 들고 걸어가는 모습은 왠지 모르게 어떤 종교적 의식을 떠올리게 한다.

짧게 기도를 드린다거나 손을 들어 올리는 동작 역시 마찬가지.

단순히 겉으로 보이는 모습으로는 그녀가 저들을 원망하는 것처럼 보이진 않았다.

'허…….'

"사제님……. 저희가, 저희가 잘못했습니다."

"저희가 자, 잠깐 미쳤었던 것 같습니다. 저희가 정말로 미쳤었습니다."

"살려주세요, 사제님. 제발 부탁드립니다."

"살려주십시오. 제발. 한 번만 용서해 주시면……."

"마법사님. 분, 분명히 살려준다고 하시지 않으셨습니까. 살려주신다고……."

그 와중에도 목숨을 구걸하고 있는 이들의 모습은 가관이다.

이미 정하얀의 마법으로 인해 사지가 포박된 채로 단검이 드리워지기만을 기다리고 있는 이들을 눈앞에 둔 채 선희영은 뒤돌아 이쪽을 바라보았다.

"저, 정말로. 정말로…… 하나요?"

브레이크를 걸어 달라는 것처럼 들려오는 목소리.

당연하지만 그럴 생각은 없다.

"네. 걱정할 필요 없습니다. 지금까지 하셨던 일과 같은 일입니다. 엄연히 남을 돕는 일입니다. 쓰레기가 있으면 치우는 것이 맞지요."

"네……."

선희영은 우리와 함께 움직여야 하는 인재니까.

환하게 웃음을 보내자 그녀가 단검을 내려찍기 시작했다.
비명이 들려온다.
어색하게 단검을 휘두르는 그녀의 모습은 괴기스럽다기보다는 숭고하다.
“아으아아아악!”
“사제니임! 살려…….”
“도와…….”
“아아아아악!”
끔찍하다면 끔찍하다고 할 수 있는 모습.
연신 피가 튀고 비명이 터져 나온다.
도와달라는 목소리에 응하는 사람은 없다.
물론 이곳이 마력으로 밀폐해 두기도 했지만 만약을 위한 조치일 뿐. 굳이 그런 작업을 거치지 않아도 저들을 도와주러 이곳에 찾아오는 이는 없으리라.
녀석들이 말한 그대로, 이곳에서 도움을 청하는 것 자체가 바보 같은 일이다.
빈민촌에 있는 사람은 모두 자기 살기 바쁘다.
남을 도와준다는 생각 자체를 하지 않는 이들을 위해 봉사했을 그녀를 떠올리자 웃음이 나올 지경. 그럼에도 그녀는 그들을 욕하거나 원망하지 않았다. 그저 담담히 자신이 할 일을 끝마치려는 것처럼 보였다.

부들부들 떨면서, 가끔은 공포에 질린 눈으로.

내 도움을 받지 않고 말이다.

"사제님! 사제님! 제발……."

"이 개 같은 년아! 니가 사람이야?"

"죄송합니다. 제발…… 제발!"

"아으아아아아악!"

어쩌면 그녀는 처음부터 비정상이었을 수도 있다고 생각했다.

내 기준에서 생각해 보면 저렇게 이타적인 사람이 있을 리가 없으니까.

시간이 조금 지나고 끅끅거리는 목소리도 점차 줄어들기 시작했다.

조용히 숨을 헐떡거리는 선희영의 입가에는 묘한 미소가 걸려 있었다.

"어떻습니까?"

조금은 홍조가 깃든 얼굴.

부어오른 눈덩이와 찢어진 이마에서 피를 흘리고 있었던 그녀는 내 말에 미소 지으며 입을 열었다.

"정말…… 보람차네요."

소름 끼치는 목소리였다. 그럼에도 왠지 모르게 그녀의 모습은 조금 아름다워 보였다.

염려됐던 것은 정신 상태였지만 그렇게 나빠 보이지도 않다.

여러 조건의 도움이 있기는 했지만 내가 주입한 새로운 가치관은 그녀의 내부에 아주 잘 자리 잡았으리라.

'성공적이야.'

"그럼 갈까요?"

"어디……."

뻔한 영입 제의 역시 하지 않는다. 그저 조용히 손을 뻗으니 내 손을 맞잡는다.

정하얀이 조금 불편해하는 것 같지만 이 정도는 문제없으리라.

"새로운 의미의 봉사는 혼자 할 수 있는 일이 아닙니다. 그리고 이전과는 다르게 조금은 조용하게 활동할 필요가 있지요. 제가 당신과 함께하도록 하겠습니다."

"함께."

"네. 함께요. 당신의 가치관을 실현시키는 것에 문제가 많을 겁니다. 일반 사람은 이해하지 못하는 일이니까요."

"네."

"당신이 틀리지 않았다는 걸 증명해드리겠습니다."

"네, 기영 님."

"일단은 치료를……."

"괜찮아요. 제가 직접 할 수 있으니까요."

선희영은 조용히 주문을 외우기 시작했다.

시간이 얼마 지나지 않아 회복되는 모습은 기가 찰 지경.

정하얀이 가지고 있는 반지 때문에 나도 한 번 체험해 본 적은 있지만, 내 경험보다 훨씬 더 빠르게 치유되었다.

'유능해.'

이곳에서 사제는 무척이나 귀하다.

사제 적성에 맞는 사람을 구하기 힘든 것은 물론, 제대로 된 사제는 보기도 힘들다.

전설 등급의 신성 재능을 가지고 있는 여자와 함께 움직일 생각을 하니 기분이 좋은 것은 당연지사.

최소한 눈 먼 화살에 맞고 뒈질 걱정은 하지 않아도 된다.

남은 것은 이 여자와 함께 파란으로 돌아가는 것뿐.

천천히 발걸음을 옮기는 와중에도 정하얀은 이쪽에 몸을 기대오고 있었다.

내가 선희영에게 보여주는 친절한 모습이 걱정되는 모양.

선희영은 조금 떨어져 조용히 입을 열어오고 있었다.

뭔가 중요한 이야기를 하지는 않았다. 그저 일상적인 대화였다. 방금 있었던 일을 떠올려 본다면 일상적인 대화를 한다는 것 자체가 조금 아이러니하지만, 정하얀도 조금씩 선희영에게 응하는 것을 보면 이 둘은 서로에게 위화감을 느끼지 못하는 것 같았다.

조금 익숙한 인형이 이쪽으로 다가오고 있다고 느꼈던 것은 바로 그때.

“현성 씨?”

“혹시나 했는데 기영 씨였군요. 이곳에서 만나다니 우연입니다. 실험실에 계실 줄 알았는데……. 하얀 씨와 함께 나들이라도 나오셨습니까?”

“아, 사실은…….”

살짝 선희영을 보자 그녀가 환하게 웃으며 입을 열었다.

“처음 뵙겠습니다. 선희영이라고 합니다. 잠깐 봉사활동 차 이곳에…….”

“아, 처음 뵙겠습니다. 김현성이라고 합니다.”

서로 처음 보는 모습에 조금 당황스럽다.

김현성의 뒤로 천천히 모습을 드러내는 꼬마가 시야에 비쳤다.

녀석은 남자인지 여자인지 제대로 구분하기도 어려울 정도로 어렸다. 눈에 알 수 없는 독기를 품고 있는 꼬마의 얼굴엔 땟국물이 흘렀다.

빈민촌 출신이라는 것을 알 수 있었다.

‘혹시.’

빠르게 마음의 눈을 발동시키자 가관이었다.

[플레이어 김예리의 상태창과 잠재 능력을 확인합니다.]

[이름–김예리]

[칭호–없습니다. 조금 더 노력하셔야겠네요.]

[나이–14]

[성향–상처받은 도둑]

[직업–궁수]

[직업효과–기초 궁술 지식 습득]

[능력치]

[근력–10/성장한계치 영웅 이상]

[민첩–31/성장한계치 전설 이상]

[체력–12/성장한계치 영웅 이하]

[지력–15/성장한계치 영웅 이하]

[내구–14/성장한계치 영웅 이하]

[행운–15/성장한계치 영웅 이상]

[마력–10/성장한계치 전설 이상]

[총평–전설급 이상의 스탯 한계치를 가지고 있습니다. 민첩과

마력에서 전설급의 잠재 능력을 가지고 있습니다. 다른 스탯의 잠재 능력 역시 플레이어 이기영과는 비교할 수 없을 정도입니다. 어린아이에게 나쁜 영향을 끼치지 않게 조심해서 움직여 주세요. 상처받았지만 아직은 순수한 아이입니다. 눈치가 빠른 꼬마지만 미워하지는 말아주세요.]

'허…….'

김현성을 제외하고 모든 능력치가 영웅, 전설을 가리키고 있는 이는 처음 본다.

김현성이 찾던 사람이 선희영이 아니었다는 사실을 곧바로 눈치챌 수 있었다.

애초에 빈민촌으로 향한 이유는 이 꼬마를 데려오기 위함이었으리라.

살짝 내려다보자 김현성 뒤로 후다닥 숨는다.

겁을 집어먹은 것 같기도 했고 익숙하지 않은 상황에 혼란스러워 하는 것 같기도 했다.

선희영이 꼬마를 보는 눈이 그리 탐탁지 않아 보이는 것이 눈에 들어왔지만 다행히 별 다른 트러블은 일어나지 않았다.

"아, 이 아이는……."

"빈민촌에서 우연히 만난 아이입니다. 재능이 있어 보여 이것저것 가르쳐 볼 생각으로 데려왔습니다. 생각이 깊고 벌써 직업도 얻은 것 같더군요. 사냥을 나가기에는 조금 어린지만……. 아직은 낯을 많이 가리는 것 같으니 친해지시려면 시간이 조금 걸리실 겁니다."

"아…… 그렇군요."

"기영 씨는?"

"저도 마찬가지입니다. 빈민촌을 둘러보던 차에 우연히 사제님과 연이 닿게 되었습니다. 이런저런 이야기를 나누다 보니 마음이 맞아서 말입니다."

"아아아."

선희영을 조용히 바라보고 있는 김현성은 정말로 그녀를 처음 보는 모양이다.

조용히 그녀를 가늠하고 있는 것처럼 느껴졌다.

'정말 모르나?'

내가 만약 김현성이었다면 저 꼬마를 영입하면서도 그녀를 어떻게든 영입하려고 애썼을 것이다.

그녀의 신성 한계치는 전설 이상.

이유야 어찌됐든 미래를 뒤흔들 만한 재능을 가지고 있는 이들 중에 하나였으니까.

사실상 말이 되지 않는다.

빈민촌이 넓어도 몇 번은 마주쳤을 것이다.

선희영은 항상 사람들을 몰고 다녔으니까.

그럼에도 김현성이 굳이 그녀를 영입하려고 하지 않았던

것을 보면 그녀에게 별 다른 인상을 받지 못했다는 것이다.

'그럴 수가 있나?'

그녀는 미래가 보장된 사제. 지금도 그렇지만 미래에는 더 욱더 성장할 인재다.

불현듯 이상한 생각이 들었던 것은 바로 그때였다.

만약에, 아주 만약에 그녀가 가까운 미래에 예기치 못할 사고를 당했다면 김현성이 그녀에게 관심을 가지지 않은 것도 이해할 수 있다.

1회 차의 김현성은 지금 이 시기에 정신없이 지냈을 테니까.

환경에 적응하기 위해 필사적으로 움직였다고 생각하는 것이 맞다.

빈민촌이나 주변에 들려오는 소문에 신경 쓸 여유가 없었을 수도 있다.

린델은 넓고 같은 시간에도 이곳저곳에서 다양한 일이 일어나기 때문이다.

살아남기 위해 사냥을 나가거나 어딘가에 틀어박혀 훈련에 열중했다면 버림받은 자들의 성녀님에 대한 이야기를 접하지 못했을 수도 있다.

어쩌면 선희영 그녀가 지금의 삶을 계속해서 유지하며 살아갔을 수도 있다는 생각이 들기는 했지만 가능성이 낮다는 것이 합리적인 판단이다. 낭중지추라는 말을 떠올리면 내 추론에 조금 더 설득력이 생긴다.

그렇지만 선희영이 과거에 아무것도 하지 못하고 죽었을 거라는 생각이 괜스레 떠올랐다.

어떻게 죽었는지는 당연히 알 수 없다.

클랜이나 길드의 오퍼를 받아들인 이후 탐사 도중에 죽었을 수도 있고, 어쩌면 멀지 않은 미래에 전쟁이 일어나 휩쓸렸을 수도 있다.

병에 걸렸을 수도 있고, 클랜과 길드의 이해관계에 얽혀 피해를 받았을 수도 있다.

어쩌면.

'빈민들에게 죽었을 수도 있고.'

김현성이 회귀하기 전에 일어난 일은 내가 전부 알 수 없다.

단순히 예상 외에는 할 수 있는 일이 없었지만 나는 왠지 모르게 선희영 그녀가 전 회 차에 조금 씁쓸한 인생을 보냈을 거라고 생각했다.

아니. 확신한다.

"앞으로 잘 부탁드립니다, 희영 씨."

"저야말로…… 잘 부탁드립니다, 현성 씨. 당분간 신세를 질 것 같네요."

그녀는 이상적인 봉사자였으니까.

13장
던전 공략은 정치다

결론부터 말하자면 김현성이 데리고 온 꼬마 김예리 그리고 내가 데려온 선희영은 김현성 파티에 들어오게 됐다.

파티의 멤버를 정하는 일은 오롯이 7번대의 파티장 김현성의 권한이었지만 행정팀의 몇몇은 조금 아니꼽다는 시선을 보내오고 있었다.

사전에 행정팀과 충분한 협의가 되지 않았기 때문이다.

말하자면 독단적으로 일을 진행시킨 셈.

물론 부정적인 시선을 보내는 배경에는 김현성이 고작 1년 차라는 현실이 가장 컸을 것이다.

그것과는 별개로 이쪽이 만들어낸 결과에는 무척이나 놀랍다는 반응이었지만 역시나 미친 늙은이들은 굳이 표현하지 않았다.

여러 클랜과 길드에서 군침을 흘리던 선희영을 영입했으니, 저들이 닥치고 있는 것도 무리가 아니다.

'그것도 무척 싼값에.'

어느 클랜이나 길드로 들어가지 않을 거라고 말했던 그녀가 파란으로 간다는 소식에 파란의 주가가 올라간 것은 당연지사.

안 그래도 주목받고 있던 김현성 파티는 자유 도시 린델 내에서 더욱더 큰 관심을 받게 되었다.

이곳에 도착한 소환자들의 역사를 알 수 없지만 린델 내에서 신입 파티가 이 정도로 주목받았던 경우는 없었을 것이다.

"형님! 식사할 시간이요."

"알겠다."

방에서 여전히 실험에 몰두하고 있었을 때 박덕구가 슬그머니 문을 두드리며 들어왔다.

최근에는 하루에 세 번, 파티원 모두 식사를 함께했다.

새로 들어온 이들, 그러니까 선희영과 김예리와 가까워지기 위함이기도 했고 파티의 전반적인 상황과 앞으로의 일정을 논의하기 위함이기도 했다.

아무래도 똘똘 뭉쳐 있는 네 명에 비해 새로 들어온 두 명은 조금 거리감이 있다.

의외로 정하얀과 선희영이 죽이 잘 맞는 느낌이지만 아직 친해졌다고 하기에는 무리가 있는 것이 당연하다.

낯을 가리는 김예리 같은 경우와는 아직 대화 한 번 해본 적이 없다.

'눈치 빠른 꼬맹이.'

무슨 마법을 쓴 건지 아니면 권력자의 냄새를 잘 맡는 건지 김현성에게만 딱 달라붙어 있는 모습은 가관이다.

친해지는 데 어느 정도 시간이 걸릴 것 같기는 했지만 아직까지 차도가 없는 것은 꽤나 답답했다.

그렇게 여러 생각을 하며 널려 있는 것들을 정리하는 와중에 박덕구가 입을 열었다.

"그건 그렇고 형님은 뭘 그렇게 매번 실험하고 있는 거요?"

"여러 가지야. 한꺼번에 하고 있는 게 많아서 뭐라고 말해주기가 애매하네."

"그중에 하나만 좀 이야기해 줄 수 없소? 궁금해서 미칠 지경이요. 매일 방에 처박혀서 실험하고 있는데 하나 정도는 알려줄 때도 되지 않았소?"

"글쎄……."

"거, 그러지 말고 하나만 말해주소."

"가장 최근까지 하고 있던 건 감정을 건드리는 물약이었는데……."

"그런 게 가능한 거요?"

"어디까지나 이론만. 사실상 거의 불가능하다고 보면 돼. 인간이 가지고 있는 기본적인 욕구는 건드릴 수 있지 않을까 생각했지만……."

"예를 들면?"

"성욕이나 수면욕, 식욕 같은 것들 말이다. 사실 정확히 이야기하면 감정을 건드리는 건 아니야. 단순히 나른하게 만든다든가 피곤을 느끼게 한다든가 하는 것이 전부고."

"에이. 그럼 그건 감정을 건드리는 게 아닌 거 아니요?"

"그래서 인간이 재미있는 거야. 인간이라는 동물은 자기가 느끼고 있는 게 자기 감정이라고 믿기도 하거든. 예를 들면 근육이 이완되고 몸이 편안해지는 물약을 만들었다고 가정하자. 그곳에 마법적인 무언가를 첨가했다고 했을 때, 인간은 정말로 몸이 나른하다고 느낀다는 거야. 뇌가 몸의 신호를 멋대로 해석해 버리니까."

"아아아아."

"다른 경우에도 마찬가지야. 몸에 열을 가한다든가 심장이 조금 빨리 뛰게 한다든가. 조금만 툭툭 건드려줘도 쉽게 흥분하기도, 짜증을 내기도 하지."

"거 왠지 무섭게 들리는데."

"지력이 낮은 경우에는 조금 더 잘 먹힐 거야. 아니면."

"아니면?"

"정신이 조금 불안정한 대상이라든가."

"끙……."

뭔가 조금 겁먹은 표정이 시야에 들어온다.

물약 하나로 사람의 감정을 좌지우지한다는 말이 당황스러운 모양이다.

최근에 제법 재미를 보기는 했지만 사실 사용하기에 적절하지는 않다.

극적인 상황이 따라줘야 하고 여러 재료가 필요하다.

아직까지는 완전하게 써먹을 수 없는 상황.

사실 정말로 만들고 싶었던 물약을 개발하기 위한 시제품에 불과하지만 전혀 쓸모가 없다고는 말할 수 없으리라.

"농담이다."

"엉?"

"농담이라고. 그런 게 가능할 리가 없잖아."

"아아아아, 형님!"

"어디까지나 상상만 해보는 거야. 원래 모든 실험의 출발은 상상에서부터 시작하니까. 예컨대 아이디어가 중요하다는 소리지."

"오! 그럼 엉뚱한 아이디어도 실현이 가능한 거요?"

"상황만 맞아 떨어진다면."

"사랑의 묘약 같은 거 말이요?"

"그건 앞전에 말했던 물약에 연장선이잖아."

"그럼 마시면 스탯이 오르는 물약은 어떻소? 아니면 투명해지는 물약이라든가. 아니면."

"……."

"괴물이 되는 물약. 그런 것도 가능한 거요?"

알고 말하는 건지 모르고 말하는 건지는 알 수 없지만 박덕구가 한 번씩 언급한 물약은 내가 연구 중에 있는 것들이다.

조금 놀랐다는 표정으로 놈을 바라보자 싱글벙글 웃으며 아이디어를 쏟아내는 모습이 가관.

그중에는 내가 생각하지 못한 것도 있었기에 왠지 모르게 녀석을 다시 볼 정도였다.

'이 새끼는 바보야, 천재야.'

언제가 될지는 모르겠지만 내가 상상도 하지 못할 아이디어를 쏟아낼 것 같은 느낌이다.

이론이고 나발이고 단순히 재미있을 것 같은 말을 꺼내는 것에 불과했지만 가끔 허를 찔러오는 발언에 녀석의 말을 머릿속에 담을 수밖에 없었다.

천천히 길드 하우스의 지하에 내려가자 역시나 모여 있는 이들이 시야에 들어왔다.

"오빠, 오셨어요?"

“기영 님.”

“앉으시죠.”

정하얀은 기분 좋게 이쪽을 바라보고 있었고 선희영 역시 단정한 모습으로 조용히 식탁 앞에 앉아 있었다.

김현성은 고개를 끄덕이며 나를 반겼고 가장 나이가 어린 김예리는 아직도 이쪽을 경계하는 듯하다.

“좋은 아침입니다.”

“네.”

살짝 자리에 앉으니 곧바로 정하얀이 이쪽으로 식사를 가져왔다.

선희영 같은 경우에는 슬쩍 물을 따라 이쪽에 놓아주는 모습.

재미있게도 선희영의 성향은 변하지 않았다.

아직까지 이상적인 봉사자라는 성향을 유지하고 있는 모습은 당황스러울 정도다.

아마 내 조언대로 그 행위 자체를 봉사로 받아들였기 때문에 가능했겠지만 더 이상 이상적인 봉사자라는 성향은 그녀와 어울리지 않을 수도 있다고 생각했다.

대신 직업에 변화가 생겼다.

[암흑사제–영웅 등급]

기존에 있었던 태양의 사제라는 직업이 암흑사제로 변경된 것.

아마 그때 있었던 일의 영향이라고 생각했지만 몇 차례 지켜본 결과, 능력이나 스펙 자체에 변화가 생기지는 않은 것 같았다.

그녀는 여전히 신성 마법을 외울 수 있었고 김현성 역시 그녀의 능력에 꽤나 놀란 표정이었으니까.

물론, 수련에 열중하는 정하얀 같은 경우에도 눈에 띄게 성장했다. 마력이 40대로 들어섰고, 사랑스러운 회귀자 김현성 같은 경우에는 애초에 다른 설명이 필요 없다.

오히려 성장 속도가 조금 느렸던 것은 박덕구.

계속해서 오르는 내구 수치와는 다르게 근력이나 체력이 조금 더뎠다. 특히 민첩 스탯 같은 경우에는 성장이 거의 없다시피 한 것이 문제.

본인이 가장 답답해하고 있는 것 같지만 사실 녀석의 심정은 내가 제일 잘 알고 있다.

스탯이 오르는 게 시원치 않았던 것은 나 역시 마찬가지였으니까.

다들 적당히 자리를 잡자 김현성이 조용히 입을 열었다.

"식사 시작하도록 합시다."

"거, 맛있게 드쇼."

"식사 맛있게 하세요."

파티의 리더는 김현성이다.

존중을 보여야 하는 것이 당연, 적당히 고개를 끄덕인 뒤에 조용한 분위기에서 식사가 시작됐고 조금씩 잡담 소리가 들려왔다.

모두 이런저런 이야기를 나누고 있는 것이다.

그렇게 대화를 나누며 시간을 보내고 있을 때였다.

녀석이 이쪽을 향해 슬그머니 입을 여는 것이 보였다.

"잠깐 드릴 말씀이 있습니다."

당연히 주변이 조용해지는 것이 느껴진다.

"네?"

"오늘 아침에 부길드마스터로부터 제의를 받았습니다."

"무슨 제의 말이요?"

"던전 공략입니다. 우리 파티뿐만이 아니라, 근처에 있는 대형 길드의 파티들도 함께 들어가게 될 것 같습니다. 여러분의 생각은 어떠신지 듣고 싶군요."

조금은 뜬금없는 상황이다.

물론 언젠가는 던전에 갈 거라고 생각했다. 우리 파티는 아직 이곳에 막 들어온 신입이었고 성장을 촉진하기 위해서라도 반드시 필요한 일이니까.

파티는 현재 여섯 명으로 꼬맹이 김예리까지 함께 간다면 그럭저럭 하나의 파티의 모습을 만들 수 있었으니 타이밍상 나쁘지는 않다.

조금 의외였던 것은 다른 길드와 함께 들어가게 된다는 것.

만약에 던전에 간다고 한다면 회귀자만이 알고 있는 비밀 던전으로 가서 회귀자밖에 모르는 단물을 뽑아먹는 즐거운 경험을 할 수 있다고 생각했다.

갑작스레 다른 불청객과 함께 들어갈 이유가 없다고 생각하는 것이 당연하다.

"배경에 대해 설명해 주시겠습니까?"

물어볼 수밖에 없었다.

내 질문에 김현성을 살짝 웃으며 말을 이었다.

"물론입니다. 저도 자세히 듣지는 못했지만 중견 파티 하나가 튜토리얼 던전 근처 지역에서 새로운 던전을 발견했다고 합니다."

"근데 그게……."

"문제는 파티의 구성원입니다. 길드에서 만들어진 파티가 아닌 여러 길드와 클랜에서 모인 친목 파티가 모임을 하는 도중에 발견한 던전이었기 때문에 어떤 길드의 소유로 할 것인지에 대한 문제가 조금 애매해졌죠."

'아…….'

대충 무슨 상황인지 이해가 간다.

"그들이 직접 공략하지는 않은 겁니까?"

"네. 일반 등급. 높아봐야 희귀 등급의 던전이라는 결과가 나와서 굳이 던전을 공략할 필요가 없다고 생각한 것 같습니다. 아마 길드 내에서 따로 보상이 갔을 겁니다. 공략이 완료된 던전의 지분도 일부 나누어 주기로 했고요."

"직접 공략하기보다는……."

"각 길드와 클랜이 밀어주고 있는 성장 파티에 투자하기로 결정을 내린 것이겠죠."

간단히 정리해 보자면 각 길드의 구성원들이 모인 친목 파티가 우연히 희귀 등급의 던전을 발견했다.

문제는 이 친목 모임의 구성원들이 들어가기에는 던전이 다소 쉽게 느껴졌던 것.

굳이 자신들이 들어가 드잡이를 하기보다는 현재 경험이 필요한 파티에게 양보하는 게 낫다고 판단한 것이다.

'사이가 좋나 보네.'

소유권 분쟁이 없이 사이좋게 나누어 먹을 수 있게 된 것이 조금 신기했다.

사실 던전을 발견한 녀석들의 입장에서는 각 길드에서 보상도 받고 던전의 지분 중 일부도 받을 수 있으니 호재라고 할 만한 상황이긴 하다.

희귀 등급의 던전에 목을 매지 않는 것을 보니 사회적으로 어느 정도 위치를 가지고 있는 것 같은 느낌.

골드나 아이템 따위에 집착했다면 애초에 던전을 양도하지도 않았으리라.

"저희 파란 길드에서 한 파티가, 붉은 용병 길드에서 한 파티 그리고 마도 길드에서 한 파티, 마지막으로는 검은 백조 길드에서 한 파티가 나올 예정입니다. 희귀 등급의 던전이지만 던전의 규모가 조금 크기 때문에 모든 파티가 함께 움직이는 것에는 문제가 없다고 합니다. 아마 던전을 공략한 이후에는 각 파티의 기여도에 따라 아이템을 분배할 것 같습니다."

"기여도에 따라서 말입니까?"

"네. 그렇지만 이번 던전행의 목적은 아이템이나 재화가 아닙니다. 경험이죠."

김현성의 계획이 어떤 것인지 대충 눈에 보인다. 이런저런 설명이 길기는 했지만 목적은 한 가지.

'파티의 성장.'

거절할 이유는 없었다.

우리 회귀자가 그게 옳은 방향이라고 판단을 내렸을 테니까.

'고맙다, 현성아.'

회귀자 버스에 단체로 탑승할 시간이다.

조금은 갑작스럽게 잡힌 일정이었기 때문에 꽤나 분주해졌다.

우리네 어머니 이상희가 직접 우리 파티의 교육을 맡았고 남는 시간에도 김현성에게 하루 종일 붙잡혀 있는 일상의 연속이었다.

사실 우리 파티는 기본적인 합도 맞춰보지 않았다.

튜토리얼에서의 경험도 경험이라곤 할 수 있겠지만 튜토리얼 던전의 경우에는 등급으로 분류되지도 않는 던전.

말하자면 우리 파티는 초보자의 일반적인 성장 과정을 스킵한 셈이다.

대개 초보자들은 몬스터의 숲으로 들어가 작은 몬스터를 상대하는 것부터 시작한다.

물론 전체적인 스펙이 높은 김현성 파티에게는 하찮은 일로 보일 수도 있지만 아무리 그렇다고 하더라도 이런 과정은 중요하다. 눈에 보이지 않지만 알게 모르게 쌓이는 것이 있기 때문이다.

그러나 그러한 것이 부족했던 우리는 기본적인 지식을 습득하기에 여념이 없었다.

당장 던전에 들어가야 했기에 다른 파티와 함께 움직일 때

동선이 꼬이지 않도록 진형을 연습해 보기도 했다.

또는 몬스터의 종류와 특성을 외우는 것 정도.

사실상 던전 공략에 필요한 준비는 타 길드가 떠안고 있는 상황이라고 할 수 있으리라.

말하자면 특혜를 받고 있는 셈이다.

다른 길드의 파티들이 우리 파티를 배려해 주고 있는 것이다.

'좋게 작용할지는 모르겠지만…….'

각 길드에서 만들어진 신규 파티가 희귀 등급의 던전에 들어갈 수 있다는 것만으로도 운이 좋은 상황.

다른 이들과 움직이는 일이 불편할 수도 있지만 다르게 생각해 보면 그만큼의 안전이 확보된다는 소리다.

저들이 어떻게 움직이는지도 볼 수 있고 던전을 공략할 때 어떻게 해야 하는지에 대해서도 알 수 있다.

물론 우리와 함께 움직이는 파티의 수준도 그리 높진 않겠지만, 선배들이 어떻게 움직이는지를 바로 옆에서 볼 수 있는 자체만으로 도움이 된다.

정리해 보자면 여러모로 운이 좋다는 거다.

"그런데…… 정말로 데려갈 생각입니까?"

"네. 위험할 수도 있겠지만 아마 좋은 경험이 될 겁니다. 나이가 어리다는 건 단점이 되기도 하지만 장점이 되기도 하니까요."

"그렇군요."

그 와중에 김현성이 김예리를 함께 데려가려고 한 것은 꽤나 의외였다.

물론 안전하기야 할 것이다.

공을 들이는 인재인 만큼 혹시 모를 위협은 김현성 본인이 최대한 배제할 테니까.

아무튼 간에 시간은 계속해서 흘렀고 파티는 점점 더 완성되고 있었다.

특히나 김현성이 회의를 위해 밖으로 나가는 일이 잦아지면서 파란 길드의 7번대, 김현성 파티의 첫 원정일이 다가오고 있다는 걸 느낄 수 있었다.

그리고 원정 당일.

평소와는 다른 분주한 아침이 시작되었다.

"덕구야, 챙길 건 다 챙겼어?"

"물론이요. 거, 몇몇 길드원이 미리 짐을 챙겨줬는데……."

"희영 씨, 혹시 빠진 게 있는지 체크 좀 해주시겠습니까? 그리고 혹시 몸이 안 좋은 이들이 있으면……."

"네, 기영 님."

"하얀아, 식량, 식수, 포션 모두 이상 없는지 확인해 줘."

"네, 오빠."

사실 내가 제일 바쁘다.

본래 시키기 전에 먼저 움직이는 사람이 상사에게 예쁨 받는 법.

물론 던전 공략 기획에 끼어들거나 김현성이 불편할 만한 일을 이야기하는 것이 아니다.

아주 기본적인 것이 중요하다.

필요한 물품을 확인하는 일, 원정 준비를 미리 끝내놓는 일 등, 말하자면 던전 공략과는 상관없는 잡일.

굳이 이런 것까지 우리 사랑스러운 회귀자가 신경 쓸 필요는 없다.

'형이 전부 준비해 놓을게, 현성아. 너는 신경 쓸 필요 없다.'

예상대로 녀석은 만족스럽게 이쪽을 바라보았다. 어차피 스탯이나 공격력으로는 비빌 수 없으니 이런 쪽으로 잘 보이는 것도 중요하다.

'약하기는 한데 진짜 없으면 안 될 것 같다'라는 인상을 심어 주는 게 중요한 것이다.

"혹시나 빠뜨린 장비는 없는지 확인해 봐. 하얀아, 일 끝났으면 길드 창고에서 렌탈하기로 한 장비도 가져오고."

"네, 오빠."

"예리가 쓸 화살 챙기는 거 잊지 말고."

"네!"

바쁘지만 더욱더 바쁘게 보이는 게 중요하다.

첫 원정이니만큼 내 포지션을 미리 못을 박아두는 것이다.

파티의 아버지가 김현성이라면 파티의 어머니는 이기영.

나름대로 괜찮은 울림이다.

실제 하는 일에 비해 얻어가는 것은 꽤나 많을 것이다.

내가 하는 일이라고는 목록을 작성해 체크해 나가면서 전체적인 준비를 점검하는 것뿐.

무척이나 흐뭇해하고 있는 김현성을 보니 나도 모르게 웃음이 흘러나왔다.

"어느 정도 준비가 된 것 같습니다. 마지막으로 직접 확인을……."

"아니요. 괜찮습니다, 기영 씨. 별 다른 문제는 없겠지요. 밖에서 타 파티가 기다리고 있을 겁니다. 슬슬 출발하도록 하죠."

"네."

회귀자의 신뢰를 받는다는 것은 생각보다 즐거운 일이다.

이쪽을 완벽하게 믿는다는 눈빛.

굳이 마지막 체크를 직접 하지 않은 것을 보니 괜스레 기분이 좋아진다.

천천히 바깥으로 나가는 와중에도 왠지 모르게 시선이 집중된다.

물론 생각 없이 이쪽을 바라보고 있는 이들도 있지만 아마 대부분 우리 파티를 주목하고 있으리라.

"선희영이다. 이번에……."

"저게 그럼 파란에서 이번에 영입했다는 파티가 맞아?"

"뭐, 꽤나 비싼 값을 주고 데려왔다는데. 까 봐야 알겠지."

"부럽다. 하…… 우리랑은 출발선이 다르네. 쟤들은."

"그만한 능력이 있으니까."

"뭐, 아직 보여준 것도 없다며?"

"그래서 지금 사냥 나가는 거 아니야?"

"길드에서 지원해 준 던전에 들어가겠지."

질투하는 이들부터 여러 가지 의견을 나누는 이들까지.

우리가 갖춘 장비들을 보면 질투하는 것이 당연하다.

길드 창고에서 렌탈한 것이지만 평범한 사람은 일반 등급의 장비도 제대로 갖추지 못하는 것이 이곳의 현실이니까.

실제로 부럽다는 눈으로 바라보는 이들이 걸치고 있는 장비는 대부분 누더기다.

당연히 비교 대상이 될 수밖에 없다.

박덕구만 봐도 알 수 있다.

튜토리얼에서 쓰던 부러질 것 같은 나무 방패 대신에 제법 질이 좋아 보이는 철제 방패를 들고 있다. 또한 신발 끈으로 기웠던 가죽 갑옷 대신 사슬 갑옷을 입고 있다. 박덕구의 힘 스탯이 조금만 더 높았더라도 판금 갑옷을 입을 수 있었으리라.

조잡한 칼을 들었던 것과 달리 지금은 뭉툭한 둔기를 들고 있는 것도 차이점.

영웅 등급의 아이템은 없지만 이 정도만 해도 초보자 티를 벗은 모습이라는 거다.

이런저런 생각을 하며 발걸음을 옮기니 각 길드의 구성원들이 보였다. 저마다 가슴에 휘장을 달고 있어 구분하기 용이했다.

"처음 뵙겠습니다."

"반갑습니다."

파티장들끼리는 사전에 몇 번 만남을 가진 만큼 익숙하게 악수를 하고 있다.

나머지 파티원들 역시 마찬가지.

가슴에 붉은 휘장을 달고 있는 것은 당연히 붉은 용병. 괜스레 이쪽에 호의적인 시선을 보내고 있는 것이 보였다.

'그래. 그래.'

"처음 뵙겠습니다. 붉은 용병의 최영기라고 합니다. 마스터에게 이야기는 많이 들었습니다. 그……."

"반갑습니다. 이기영이라고 합니다."

대외적으로 붉은 용병의 길드마스터 차희라가 이쪽에 목을 매고 있는 상황이라 잘 보이고 싶은 것이 당연하리라.

전체적으로 무장을 붉은색으로 맞춘 것을 보니 아이덴티티가 꽤나 확실하다.

정하얀에게 인사를 하고 있는 이들은 마도 길드에서 온 파티가 분명.

마법진처럼 보이는 휘장을 달고 있었고 궁금한 것이 많은지 정하얀에게 벌써부터 입을 열어오고 있었다.

김현성과 인사를 나누고 있는 이들은 검은 백조 길드.

역시나 길드 휘장을 달고 있었고 여자 다섯, 남자 하나로 구성되어 있었다.

'들었던 대로.'

대부분이 여성으로 구성된 길드인 모양이다.

조금씩 차이가 있기는 있지만 확실히 하나의 파티의 모습을 하고 있었다.

근접 직군의 라인이 탄탄해 보이는 빨갱이들, 후방 라인이 능력치가 좋은 공부벌레들, 전체적으로 밸런스가 좋아 보이는 검둥이들까지.

스탯은 모두 40대에서 50대 정도.

각 길드에서 밀어주고 있는 파티다웠다.

인원이 많다 보니 일일이 인사를 하는 것도 일. 당연하지만 인기가 제일 많은 것은 사제인 선희영이었다.

"결국 활동하기로 하셨군요."

"네. 조금 사정이 있어서…… 파란에 들어오게 됐습니다. 잘 부탁드립니다. 여러분."

"무척 든든합니다. 하하."

"아니요. 사실 저도 던전행이 익숙하지 않은지라 많은 도움을 받게 될 것 같아요. 잘 부탁드립니다."

"예. 물론이죠. 그럼 이만 떠나도록 하죠."

분위기상 이 공격대를 이끄는 것은 붉은 용병의 최영기다.

규모가 제일 큰 길드이기도 하고 무엇보다 최영기의 스탯이 가장 좋다.

전설 등급의 능력치는 보유한 건 아니지만 영웅 등급의 잠재 능력을 가졌다.

탱커인지 내구와 체력이 50대에 들어간 것이 눈에 보인다. 심지어 민첩 스탯도 결코 낮은 편은 아니다.

굳이 설명하자면 박덕구의 상위호환 같은 느낌. 박덕구가 이상적으로 성장한다면 아마 저런 모습을 하고 있으리라.

"소문이 자자한 파티를 직접 보게 되니 이거 참 영광입니다, 현성 씨."

"아닙니다. 운이 좋았을 뿐입니다. 아무래도 이번이 첫 원정이기도 하고…… 뭘 하는 것보다는 잘 보고 배운다는 마음가짐으로 들어왔으니까요."

"하하하. 사실 저도 전에 있었던 시연회에서 현성 씨를 지켜봤었습니다. 그…… 정말로 천재라는 게 있구나 싶었습니다. 겸손도 과하면 독이 됩니다."

"그렇게 봐주시니 정말로 감사하군요."

"그렇게 볼 수밖에 없습니다. 정하얀 씨도 정말 대단하시더군요."

붉은 용병의 최영기는 꽤나 유쾌한 성격이었다.

마도 길드는 전체적으로 조용한 분위기.

검둥이들은 무슨 생각을 하는지는 모르겠지만 최소한 우리를 경계하는 것 같지는 않았다. 물론 불만이 없는 것은 아니다.

당연하지만 김예리의 존재 때문이었다.

검둥이들의 리더가 조용히 걸어가는 도중 할 말은 해야겠다는 표정으로 입을 연 것은 바로 그때였다.

"원정에 어린아이를 데려온다는 말씀은 없었잖아요, 현성 씨."

"방해는 되지 않을 겁니다. 그녀는 어린아이이기 이전에 재능 있는 궁수니까요. 혹시라도 폐가 되지 않도록 신경 쓰겠습니다."

"아무리 그래도……."

"제가 잘 신경 쓰도록 하겠습니다."

"후우……."

충분히 뭐라고 할 수 있는 상황이기는 했지만 대놓고 한숨을 쉬는 모습을 보니 인성이 그리 좋아보이지는 않는다.

상대에게 대놓고 무안을 주는 만큼.

사실 이미 처음 만났을 때부터 능력치를 살펴보기는 했지만 한 번 더 봐야 할 것 같아 천천히 마음의 눈을 발동시켰다.

[플레이어 정유라의 상태창과 잠재 능력을 확인합니다.]

[이름-정유라]

[칭호-없습니다. 조금 더 노력하셔야겠네요.]

[나이-29]

[성향-계산적인 전략가]

[직업-암살도적-희귀 등급]

[직업효과-기초 궁술 지식 습득]

[직업효과-기초 단검술 지식 습득]

[직업효과-기초 함정술 지식 습득]

[직업효과-기초 암살 지식 습득]

[능력치]

[근력-41/성장한계치 영웅 이상]

[민첩-55/성장한계치 영웅 이상]

[체력-43/성장한계치 영웅 이하]

[지력-40/성장한계치 희귀 이하]

[내구-20/성장한계치 희귀 이상]

[행운-23/성장한계치 희귀 이하]

[마력-43/성장한계치 영웅 이상]

[총평-암살자로서 쓸 만한 스탯과 잠재 능력을 가지고 있습니다. 성향과 직업, 능력치가 조화롭다는 것이 눈에 띕니다. 무난하게 성장할 수 있는 재능을 가지고 있네요. 혹시 전설 등급의 아이템이나 직업을 얻는다고 가정한다면 폭발적으로 성장할 수 있는 인재입니다. 인성이 그리 좋아보이지는 않네요. 물론, 플레이어 이기영에 비한다면 새 발의 피지만요.]

'괜찮네.'

너무 괴물 같은 스탯을 많이 봐왔기 때문에 별 다른 감흥이 없기는 했지만 총평의 말 그대로 성장 가능성은 나쁘지 않다.

성향도 암살자라는 직업과 잘 어울리는 느낌.

이 정도가 희귀 등급의 던전을 공략할 수 있는 능력치라고 판단하면 될 것 같다.

함정을 해체하거나 후방을 교란하는 것이 역할인 모양.

대충 어떤 성격일지 눈에 보인다.

"우리가 보모도 아니고 후우……."

지나치며 작게 중얼 거린 목소리를 들어보자면 더욱더 그랬다.

물론 이해가 가기는 한다.

타 길드의 입장에서는 우리 파티를 위해 꽤나 많은 걸 양보해 준 셈이니까.

사실 우리 파티는 이곳에서 스펙이 가장 떨어진다. 경험이 가장 부족한 것도 우리 파티다.

던전만이 아니라 본격적인 사냥 자체도 처음이었고 그 사실은 저들도 잘 알고 있다.

꽤나 많은 걸 양보한 상황에서 갑작스레 김예리 같은 꼬마가 눈에 띄었다면 나였어도 한 소리 했을 것이 분명하다.

"자자. 그런 말 하지 말고 즐겁게 갑시다. 즐겁게."

"던전 탐사를 어떻게 즐겁게 할 수가 있어요. 최영기 씨, 이건 장난이 아니라고요. 아무리 많은 인원이 들어간다고는 하지만 걱정되는 게 당연하잖아요."

"그게……."

"전체적인 스펙이 높다고는 해도 우리 지금 어디 관광을 온 게 아니에요. 언제든지 위험해질 수 있다는 사실을 인지해야 한다고요."

"저희가 더 열심히 하도록 하겠습니다."

그 와중에도 붉은 용병의 최영기가 이쪽의 눈치를 보는 것이 시야에 들어온다.

아마도 차희라에게 뭔가 언질을 받은 모양이다.

이후에 빈 말이라도 한번 해주는 게 좋을 것 같았다.

"물론, 붉은 용병을 믿지 못한다는 건 아니지만……."

"음. 분위기가 조금 불편해진 것 같군요. 뭐, 분위기라도 환기시킬 겸 간단한 브리핑이라도 하도록 하겠습니다."

"네."

"네."

"우리가 들어갈 던전은 들으셨다시피 희귀 등급입니다. 던전의 이름은 공포의 정원으로 식물형 몬스터가 주를 이룰 거라는 분석이……."

이미 알고 있는 이야기다.

정말로 분위기를 환기시킬 목적으로 이야기를 꺼낸 듯.

길을 걷는 와중에도 어떻게든 파티의 분위기를 좋게 만들고자 노력하는 걸 보니 최영기라는 녀석도 그리 나쁘지 않은 성격인 듯싶다.

"형님, 저 형씨 괜찮아 보이지 않소?"

"응. 내 눈에도 그렇게 보인다."

박덕구 역시 이런 말을 해올 정도였다.

나 역시 동의하는 부분.

단순히 착한 것이 아니라 제법 리더의 자질이 있다고 느껴질 정도였다.

이런 탱커가 있다는 것은 꽤나 믿음직스러운 일이다.

침착하고 사람들을 잘 다룰 줄 알고 실력도 괜찮다. 분위기를 잘 읽고 갈등을 최소화시키려고 노력하는 것을 보면 확실히 베테랑답다.

박덕구가 목표로 할 만한 탱커였다.

계속해서 이야기를 하면서 걷다 보니 어느덧 던전에 다다랐다.

수많은 가시덤불들이 모여 있는 곳을 헤쳐 지나가는 것은 조금 짜증 났지만 조금 더 시간을 들여 걸으니 던전의 입구를 내 눈으로 확인할 수 있었다.

'왜 이렇게 작아?'

묘한 마력이 느껴지는 입구. 한두 명이 들어갈 수 있는 아주 좁다. 오히려 튜토리얼 던전이 웅장해 보일 정도였다.

이런 입구가 있을 거라고는 상상도 하지 못했다.

그동안 찾지 못했던 것도 무리가 아니라고 생각했다.

최영기는 잠깐 고개를 끄덕인 이후에 곧바로 말을 이었다.

"그럼 천천히 진입하도록 하겠습니다. 진입 순서는 저희가 첫 번째, 검은 백조, 마도, 파란 순으로 들어가도록 하겠습니다. 곧바로 전투가 시작될 가능성이 있는 만큼 최대한 준비하고 진입하시도록 하겠습니다."

"네."

한두 명씩 허리를 숙이면서 던전 안으로 진입했고, 나 역시 정하얀을 잡고 던전 안으로 들어가기 시작했다.

뭔가 공기가 달라진 것 같은 느낌에 몸을 잠깐 떤 이후에는 곧바로 익숙한 메시지가 들려왔다.

[희귀 등급 던전 공포의 정원에 입장하셨습니다. 인원[24/30]을 확인했습니다.]

그 이후에 들려온 것은 다급한 목소리였다.

"공간 만들도록 하겠습니다! 공간! 공간 확보해 주세요!"

진입하자마자 시작되는 거친 환영 인사에 조금 어안이 벙벙하다.

희귀 등급 특유의 마력 때문인지 괜스레 숨이 턱 막혀왔다.

붉은 용병의 근접 직군들은 최대한 들이닥치는 몬스터를 막아내고 있는 중이었다.

시야에 비치는 것은 무척이나 괴기스럽게 생긴 식물들이다. 식물의 형태를 한 거인이라는 편이 정확한 표현일 듯하다.

덩치는 인간의 2배 정도 되는 것 같았고 올려다봐야 될 정도로 육중한 몸을 가지고 있다.

몸이 줄기와 뿌리로 이루어져 녀석이 어떻게 움직이는지 이해할 수 없었지만 지금 중요한 것은 그게 아니다.

멍하니 놈을 구경하고 있는 박덕구를 툭툭 치자 그제야 정신을 차린다.

"덕구야."

"아, 알겠소."

겁을 집어 먹은 것 같지는 않다. 너무 갑작스러운 상황이라 잠시 당황한 듯했다.

커다란 방패를 들고 앞으로 뛰어나가는 뒷모습이 눈에 들어온다.

물론 타 파티의 탱커들 역시 앞으로 나서며 이쪽을 공격해 오는 덩치들을 밀어내는 중이다. 어떻게든 검사나 창병들이 움직일 수 있는 공간을 마련하려는 것이다.

"계속해서 밀어내겠습니다. 천천히 공격 시작해 주세요."

"어엇!"

용기 있게 뛰어나갔던 박덕구가 갑작스레 중심을 잃었던 것은 바로 그때였다.

놈의 공격을 버티지 못하고 균형을 잃은 것이다.

"사제님."

"네."

선희영은 초행자답지 않게 박덕구에게 주문을 걸어주었고

김현성 역시 녀석을 지원하기 위해 움직이기 시작.

박덕구가 없는 틈을 타 커다란 괴물이 이쪽으로 쇄도해 오는 것을 보니 솔직히 몸이 움츠러들었다.

'시발.'

무슨 일이 생기지는 않겠지만 진형이 무너졌다.

반지에 내재되어 있는 주문을 외울까 생각하기는 했지만 초입부터 쓰기에는 아깝다.

김현성이 튀어 나가는 것을 보니 괜찮을 것 같지만 그래도 괜스레 불안해진다.

다가오던 괴물이 순식간에 벽면으로 처박힌 것은 바로 그때.

어느새 다가온 최영기가 녀석을 옆쪽으로 밀어낸 것이다.

콰앙!

"여기 지원!"

"알겠습니다."

"후우."

순식간에 정리되기 시작한 장내.

수준 차이가 어느 정도 있을 거라곤 생각했지만 마지막에 들어온 우리가 무엇을 하기도 전에 입구가 정리되기 시작했다.

물론 김현성은 그 와중에도 착실하게 대미지를 주었지만, 나와 정하얀이 주문을 외우기도 전에 놈들이 천천히 쓰러졌다.

우리보다 몇 년은 빨리 이곳에 왔을 거라고 생각했지만 확실히 우리 파티와 차이가 크다.
단순히 기본적인 스펙의 문제가 아니다.
경험의 차이고 팀워크의 차이다.
'안일했어.'
어느 정도 주변이 정리되자 최영기에게 부축을 받고 있는 박덕구는 여전히 상황파악이 안 되는지 어안이 벙벙해 있다.
"너무 급하게 움직이신 것 같습니다."
"거, 그…… 고맙소."
"경험이 부족하면 자주 일어나는 일입니다. 하체에 힘을 신는 편이 좋을 겁니다."
"아, 알겠소."
툭툭 박덕구의 어깨를 두드린 붉은 용병의 최영기를 보니 괜스레 고마워진다. 이쪽을 신경 써주고 있는 것이다.
"그럼 함께 주변을 정리하도록 하겠습니다."
"네."
많이 다친 것 같지는 않지만 이쪽으로 터벅터벅 걸어오는 박덕구의 모습은 왠지 모르게 씁쓸해 보였다.
"죄, 죄송합니다. 형님 그리고 모두……."
"미안해할 것 없습니다, 덕구 씨. 이것도 전부 경험이니까요."
"그래도……."
"현성 씨 말이 맞다, 덕구야. 침울해할 필요 없어. 보고 배운다는 생각으로 열심히 하면 될 거다. 다음번에 잘하면 되니까."

"후우……. 알겠소."

"상대가 체중이 나가는 만큼 공격이 묵직할 겁니다. 자세를 숙여 바닥에 달라붙는 느낌으로 공격을 받아내는 게 좋을 겁니다."

"아."

"조금 적응하는 데 시간이 걸릴지도 모르겠지만 잘해내실 수 있을 겁니다."

"그래요, 덕구 씨."

시작부터 함께한 녀석이 왠지 모르게 침울해 있으니 조금 신경이 쓰이긴 한다.

사실 박덕구의 재능은 저기 있는 다른 탱커들과 비슷한 수준이다.

다른 이들에 비해 성장이 빠르기는 했지만 경험적으로나 스탯으로나 부족한 것이 현실이다.

그나마 묻어갈 수 있는 후방 지원조와는 다르게 실수하면 티가 나는 근접 직군인 만큼 스트레스를 느끼고 있으리라.

녀석을 위로해 주는 것이 일단 첫 번째.

순박한 녀석인 만큼 이런저런 환경에 영향을 많이 받을 것이다.

멘탈을 케어해 주는 것이 가장 중요하다고 생각한 그때, 앞에서 큰 목소리가 들려왔다.

“저기요, 최영기 님.”

“네? 무슨 일이십니까, 유라 씨.”

“그 파란 길드에서 오신 분들 말인데요. 저쪽 탱커 분은 차라리 후방에 배치하는 게 좋을 것 같은데…….”

“아.”

“보니까 피지컬 자체가 조금 딸리시는 것 같은데……. 저런 분이 전방에 있으면 조금 위험하잖아요. 아직 초입이라서 그렇지 진입할수록 위험할 것 같아요.”

말을 꺼낸 것은 검은 백조의 정유라.

‘하…….’

뭔가 이쪽의 눈치를 보기 시작한 박덕구가 시야에 들어왔다.

“그건…….”

“이제 막 들어오신 분답지 않다는 건 알겠지만 전방에 서기에는 조금 부족한 것 같네요. 경험도, 스펙도.”

“아마 금방 적응할 겁니다. 내구 능력치가 괜찮아 보이시던데……. 만약의 상황이 오면 제가 이번처럼…….”

“그게 문제라는 거예요. 만약에 영기 씨가 빠지면 진형 자체가 위험해진다고요. 내구 스탯이 좋은 붉은 용병 길드와는 다르게 저희 파티는 탱커를 제외하면 전체적으로 내구가 낮아요. 자리를 비우시는 동안 무슨 사고가 생길지 알 수 없고요. 애초에 메인 탱커가…… 자리를 비운다는 게 어떤 의미인지 잘 아실 거라고 생각하는데요?”

“그렇지만 그걸 저한테 말하셔도…….”

“그래서 건의 드리는 거예요. 마도 길드도 그렇게 생각하지 않으세요?”

최영기가 괜히 말을 아끼는 것이 아니다.

내가 차희라의 비호를 받고 있다는 사실 때문도 아닐 것이다. 엄연히 이 원정대는 네 개의 파티가 모여 만들어졌다.

한 길드에서 온 파티라면 최영기가 독단적으로 결정을 내릴 수 있겠지만 박덕구의 배치 같은 경우에는 엄연히 우리 파티의 고유 권한이다.

만약 저런 의견을 내는 게 합당하다고는 해도 정유라는 우리 파티의 리더인 김현성에게 제안을 했어야 했다.

그것도 모두가 들으라는 듯이 하는 게 아니라 개인적으로 건의하는 게 옳다.

저런 식의 행동은 분란을 조성할 뿐이니까.

‘저년이…….’

던전에 들어오기 전부터 조금 느끼기는 했지만 저 여자가 원하는 바가 뭔지 대충 눈치챌 수 있었다.

‘계산적인 전략가?’

어쩐지 성향부터 친근한 냄새가 풍겨온다고 했다.

정말로 던전 공략의 안전을 위하기보다는 우리를 깎아내리고 자신의 위치를 조금 더 공고히 하려는 느낌이다.

저 여자는 이런 집단 내에서 발언권이라는 게 얼마나 중요한 것인지 인지하고 있다.

목적은 아마도 던전 클리어 뒤에 있을 아이템 분배.

애초에 우리 파티는 이번 원정이 끝나고 분배할 아이템에는 관심도 없었다.

단순히 경험을 해본다는 목적으로 합류한 거였음에도 저러는 것을 보면 무임승차 하는 우리가 무척이나 아니꼬운 모양.

물론 집단 내에서 영향력을 키우기 위한 의도가 숨어 있겠지만 그 방법이 꽤나 저열하다.

흔히 정치라고 부르는 선동.

이곳에서도 저런 헛짓거리를 하는 사람이 있을 거라고는 상상도 못 했다.

‘네가 정치를 해?’

괜스레 입이 근질거리기 시작했다.

저런 식의 정치와 선동은 이쪽도 특기니까.

이런 종류의 정치에서는 주변 상황을 파악하는 것이 가장 중요하다.

예컨대 투표권을 가지고 있는 국민들의 선택이 가장 중요하다는 의미다.

정치라는 것이 결국에는 여론 싸움인 만큼 다른 이들의 반응을 보는 것은 필수.

그런 의미에서 생각해 보자면 사실 지금이 적당한 타이밍이라고 볼 수는 없다.

이미 확고한 지위와 발언권을 가지고 있는 정유라와는 다르게 나는 신생 파티의 파티원에 불과하니까.

붉은 용병이 나를 호의적인 시선으로 봐준다고 한들, 겨우 녀석들로는 커다란 목소리를 내기가 어렵다.

일단은 이 원정대에게 내 존재를 각인시키는 게 먼저라고 할 수 있으리라.

그게 첫 번째 작업이다.

"정말로 죄송합니다."

일단은 사과를 보냈다.

자연스레 시선이 쏠리는 것이 느껴졌다.

"조금 불편하실 거라는 건 압니다. 불안하실 거라는 것도 알고요. 처음 들어온 저희와 함께 원정을 떠나신다는 것이 불편하신 것도 잘 이해하고 있습니다. 한 번만 더 기회를 주신다면 최선을 다해서 제 역할을 할 수 있도록 하겠습니다."

"그렇지만 이건……."

"어떤 부분을 염려하시는지 알고 있습니다. 부디 한 번만 더 기회를 주셨으면 합니다. 진영에 구멍이 뚫리는 일은 없을 겁니다."

최대한 진심을 담는 것이 중요하다.

진심 어린 사과는 대중의 마음을 흔드는 좋은 방법이니까.

역시나 고개를 끄덕이는 이들이 시야에 비쳤다.

이쪽은 최대한 존중하는 태도를 보였다.

정유라 역시 조금 당황스러워하는 것이 시야에 들어왔다. 그녀도 한발 양보해야 하는 상황이라는 것을 인지하고 있을 것이다.

"미안합니다."

심지어는 박덕구 역시 고개를 숙여오기 시작.

사실 사과해야 할 대상은 그녀가 아니다.

애초에 방금 일어난 일 때문에 그녀가 피해를 입은 것은 아무것도 없으니까. 어차피 뒈져도 우리가 죽고, 살아도 우리가 사는 상황이었다.

우리가 고개를 숙인 타이밍에 조금 무리해서라도 자신의 의견을 주장할 수 있겠지만 분위기도 읽지 못하는 바보는 아니리라.

"던전 공략은 장난이 아니에요. 사실 기회를 한 번 더 달라는 것부터가 마음에 들진 않지만…… 한 번 정도는 더 지켜보겠습니다."

"감사합니다."

슬쩍 고개를 숙이는 것이 당연하다.

왠지 모르게 감동받은 듯한 박덕구가 이쪽을 향해 입을 열어오기 시작했다.

"형님. 거…… 정말로 뭐라 할 말이 없소."

"아니다, 덕구야. 실수는 누구나 할 수 있는 거야. 겁먹지 말고 정신 똑바로 차리면 할 수 있을 거다."

"형님."

등을 툭툭 두드려 두드리자 괜스레 훌쩍이는 녀석이 보였다.

만약에 이번 일로 뭔가 사고가 생겼다면 정유라의 말이 조금 더 설득력을 얻었을 수도 있다.

사상자가 생겼다면 빼도 박도 못 하고 이쪽에서 책임을 져야 할 상황이었으니까. 단순한 사과로 해결할 수 없는 상황이 펼쳐졌을지도 모른다.

그렇지만 결과적으로 이 원정대는 아주 손쉽게 이 위기를 해쳐나갔다.

별 다른 부상자도 없었고 오히려 조금 여유 있는 모습으로 몬스터들을 정리하는 데 성공했다.

방금 일은 그저 해프닝이었다는 이야기다.

오히려 조금 침울해 보이는 박덕구에게 다가가 위로를 건네는 전위들의 모습이 눈에 들어와 행복해질 지경이다.

'초보자 시절이 없었던 사람은 없거든.'

모두가 고달팠던 시절이 있다.

저들도 한때는 초보자였다.

실수 한 번 안 해본 사람은 없다. 특히나 탱커의 경우에는 더욱더 그럴 것이다. 파티를 지켜야 한다는 부담감과 가장 앞에서 적을 막아야 한다는 스트레스. 자신의 실수로 동료가 죽을 수 있다는 것 역시 부담으로 다가올 것이다.

저곳은 그 모든 걸 짊어지고 싸우는 자리다.

묘한 동질감을 느끼고 있는 것도 무리가 아니다.

"공격을 막는 것도 중요하지만 흘린다는 생각으로 움직이는 게 좋을 거야, 후배."

"고, 고맙소."

"언제 어디서라도 응? 하체에 힘을 꽉 쥐면서 버티는 게 중요한 거야. 알겠지?"

"알겠소. 서, 선배."

"방금 그런 상황을 우리끼리는 벌러덩이라고 부르기는 하는데……. 중형이나 대형 몬스터를 상대할 때는 모두 그런 상황을 겪기도 하거든. 푹찍 하지 않은 것만으로도 대단한 거야."

"푹찍……."

"그래. 이 친구는 처음에 중형 몬스터와 마주쳤을 때는 겁먹어서 움직이지도 못했다니까."

"어이, 내가 그거 말하지 말라고 하지 않았어?"

"사실 그렇게 벌러덩 넘어가 버렸다는 것도 용기가 있었다는 증거야, 형제. 겁먹지 않고 제대로 마주했다는 증거니까. 침울해하면 좋지 않아. 만약에 넘어갔다고 해도 다시 중심을 잡고 끈덕지게 달라붙으면 돼. 네 파티원도 나약하지만은 않을 테니까. 뒤에 있는 동료들을 믿고 끝까지 버티는 게 중요해. 그런 마음가짐이라면 뭘 해도 할 수 있어."

"고맙소. 형씨……."

"그러니까 힘내라고."

"다음에도 넘어가면 안 된다."

"그럼 앞으로도 평생 놀림 받을 거라고! 푸흐흣! 벌러덩이라고. 경험담이니까 새겨들어."

자기들끼리 선배니 후배니 형제니 말하는 걸 보니 눈에 보이지 않는 전위들의 커뮤니티가 내 생각보다 조금 더 끈끈한 모양이다.

꽤나 귀족 직업으로 분류되는 것은 물론, 그 수가 그리 많지 않다 보니 자신들끼리 여러 가지 정보를 주고받고 있는 것 같았다.

덩치들에게 둘러싸인 박덕구를 보니 괜스레 흐뭇해진다.

서로 등을 두드려 주거나 근육을 과시하는 땀내 나는 우정에 굳이 합류하고 싶지는 않지만 멀리서 바라보기에는 나쁘지 않은 장면이다.

'멍청한 년.'

나였으면 조금 다른 방식으로 접근했을 것이다.

세상은 약자의 편이니까.

조금은 기분이 풀린 표정으로 이쪽을 향해 웃고 있는 박덕구는 꽤나 귀엽다.

"형님!"

"덕구야, 이것 좀 저분들에게 가져다주고 와라."

"엉?"

"체력 포션이야. 시중에 파는 것보다는 좋을 거다. 아마 여러 가지 가르쳐 주신 것 같은데 보답해 드려야지."

"아. 그래야지! 고맙소, 형님!"

다시금 덩치 무리로 후다닥 달려가는 박덕구의 뒷모습이 보였다.

이런 게 사회생활이라는 거다.

굳이 가치를 매기자면 5골드도 하지 않을 체력 포션으로 여러 가지 노하우를 배울 수 있는 절호의 기회다.

박덕구는 저들의 커뮤니티에서 조금 더 진득하게 붙어 있어야 했다.

그게 우리한테도 이득이니까.

김현성 역시 고개를 끄덕이며 박덕구에게 응원을 보내고 있었다.

"우리 형님이 주신 건데 말이요!"

"감사히 먹겠습니다, 기영 씨!"

"딱 봐도 이거 상당한 포션인데……. 시중에 이런 게 나온 적이 있었나?"

"아니. 등급 판정을 받은 물약도 없는 마당에 무슨……. 파란에서 괜히 연금술사를 영입한 건 아닌 것 같네."

물론 그 와중에 내 주가를 올리는 것은 덤이다.

아무튼 간에 파티는 조금씩 던전 내부로 진입하고 있었다.

발걸음을 옮기는 와중에도 덩치들은 박덕구에게 이것저것 조금씩 가르쳐 주기 시작했고 다음 몬스터가 나온 이후에는 별 다른 사고도 없었다.

전위에서 함께 싸우는 덩치 큰 형제들이 알게 모르게 박덕구를 배려해 준 것.

쓰러지지 않게 중심을 잡아주거나 등을 두드려 준 것이 전부였지만 녀석은 점차 몬스터를 상대하는 데 익숙해지고 있었다.

물론 실수가 전혀 없는 것은 아니다.

여전히 잔실수가 눈에 띄었고 그것이 정유라의 먹잇감으로 활용되고 있었다.

당연하지만.

처음처럼 대놓고 이야기하지는 않았다.

"후우……."

마음에 들지 않는다는 듯 한숨을 쉬거나.

"조금 불안정한 것 같네요."

그러나 별로 동조하는 사람은 없었다.

공허 속의 메아리라는 표현이 어울리리라.

"인원이 많아서 그런지 조금 복잡한 것 같네요. 조금 더 빨리 정리할 수 있었는데……."

"하하하. 그래도 안전하게 잘 가고 있지 않습니까."

"그냥 아쉬워서 하는 소리예요. 더 잘할 수 있을 것 같은데, 뭔가 턱턱 막히는 것 같은 느낌이랄까."

"저희가 완벽한 파티가 아니라서 그런 것 같습니다. 만약에 같은 길드에서 나온 원정대였다면 손발이 맞았겠지만 그런 게 아니지 않습니까. 아마 차차 나아질 겁니다."

"네. 당연히 그래야죠. 나아지지 않으면 안 되죠. 평소 같지 않네요."

"하하……. 그럼 잠깐 쉬었다 가도록 하겠습니다."

"네."

뭐, 대충 이런 상황이라는 거다.

나는 천천히 발걸음을 옮겼다.

물론 최영기를 향해서였다.

특별한 대화를 하려는 것이 아니다. 어차피 한 번쯤은 이야기를 나눠봐야 한다고 생각했고 잠깐 캠프를 차린 지금이 적당한 타이밍이라고 여겼을 뿐이다.

"최영기 씨."

"아! 기영 씨!"

역시나 반갑다는 얼굴이다.

당연한 반응. 용병여왕의 정부를 상대하는 거니까.

"고생하십니다."

"아니, 아닙니다. 이리 앉으시죠."

"차희라 님은 잘 지내십니까?"

"하하하. 안 그래도 그 일 관련해서 말씀을 드리려고 했습니다."

정하얀은 여전히 마도 길드에게 붙잡혀 있는 상태다. 저쪽은 굳이 내가 신경 쓰지 않아도 될 것 같았다.

"안 그래도 저희 마스터께서 얼마나 기영 씨를 챙겨달라고 말씀하시던지. 이거 참. 하하."

"아."

"그럼에도 여러모로 챙겨드리지 못해서 죄송합니다."

"아뇨. 이해합니다. 이미 여러모로 배려 받고 있는데…… 다른 쪽으로도 그러면 조금 눈치가 보여서 말입니다."

"아. 그……."

내가 무슨 말을 하는지 대충 눈치채고 있을 것이다.

슬쩍 정유라 쪽을 바라보던 녀석이 이내 조용히 고개를 끄덕이며 말을 이었다.

"방금 전은 죄송했습니다. 제가 조금 더 신경을 썼어야 했는데……."

"아뇨. 아뇨. 잘못은 저희 파티가 했지요. 사실 이해해 주시고 있는 다른 분들에게도 감사한 마음이 큽니다. 막아주셨을 때는 정말로 감사했습니다."

"아닙니다. 처음에는 실수가 있기는 했지만 정말로 잘 적응해 주시고 있습니다. 역시 모두의 기대를 받는 신입답다는 생각이 들더군요. 제가 기영 씨 때에는 정말 아무것도 모르는 철부지였습니다. 그나마 저희 마스터가 신경을 많이 써주셔서 이만큼 성장할 수 있었죠."

"하하하."

"저희 마스터와 지구에 있었을 때부터 연인이셨다고 들었습니다."

'……'

내가 모르는 새로운 설정이 등장해 조금 당황했지만 고개를 살짝 끄덕였다.

“특히나 마스터께서 힘이 드셨을 때 많은 도움을 주셨다고……. 마스터께서는 이기영 님을 은인이라고 말하시더군요.”

이것도 새로운 설정이다.

“네…… 네. 분명히 그런 기억이 있기는 합니다만…….”

“마스터의 은인이라면 사실 제게도 은인이나 마찬가지입니다. 용병여왕님이 없었다면 지금의 저도 없었을 테니까요.”

그렇지만 생각보다 좋은 종류의 설정이다.

‘고맙다, 차희라.’

이런 참신한 설정을 생각해낸 차희라에게는 박수라도 보내고 싶은 심정이다.

물론 왠지 모르게 이쪽을 바라보는 정하얀이 신경 쓰이기는 했지만 아마 제대로 들을 순 없을 거다.

“그렇게 심각하게 생각해 주시지 않으셔도 됩니다. 사실 도움이라고 할 것도 없었고…….”

“하하하하. 그게 도움이 아니면 뭐가 도움이겠습니까. 사실상 목숨을 몇 번이나 구해주신 것이나 마찬가진데 말이죠.”

‘뭔 개소리야.’

도대체 무슨 소리를 해놨는지 알 수가 없을 지경.

그렇지만 지금 중요한 것은 나와 차희라의 과거가 아니다.

이 최영기라는 파티의 리더가 나에게 호감을 가지고 있다는 것이 중요했다. 사람 좋은 녀석이라고 생각은 했지만 내 생각보다 조금 더 사교성이 있는 듯.

어떻게든 이쪽에게 도움을 주고 싶다는 생각을 하는 것을 보니 아무래도 붉은 용병에서 온 파티는 내 텃밭이나 다름없는 모양이다.

꽤나 심각한 갈등이 생겼을 때도 이쪽을 지지해 줄 수 있는 확실한 기반이라 여겼다.

뭔가 불만이 가득한 표정으로 이쪽을 바라보는 정유라를 바라보니 괜스레 입고리가 올라갔다.

그녀에게 소리칠 수 있다면 한마디 해주고 싶은 타이밍이다.

정치에서 가장 중요한 것은 단연.

'민생을 돌보는 거지.'

어려운 일이 아니다.

지구에서 높으신 분들이 하는 것과 다를 바가 없다. 스윽 시장이라도 한 번 둘러보며 친근감을 느끼게 해주면 그걸로 끝.

물론 나 같은 경우와는 상황이 다르다. 저들의 위에 있다곤 할 수 없는 입장.

그렇다고는 해도 아예 효과가 없는 것이 아니다.

잠깐 쉬는 시간마다 이야기를 나누고 캠프를 차릴 때마다 열심히 챙겨준다.

원정 중에는 진지한 모습을 보여주는 것도 잊지 않는다.

안 그래도 마도 길드 같은 경우에는 정하얀에게 이상할 만큼의 호감을 느끼고 있었고 붉은 용병의 파티원들 역시 내게 호감을 느끼고 있는 상황이다.

살짝살짝 이야기를 나누는 것만으로도 효과가 있다.

물론 정하얀과는 별개로 마도 길드의 파티원들을 관리하는 것도 필수다. 이쪽 편에 서게 될 좋은 여론은 많으면 많을수록 좋다.

"하하하. 거의 신성 마법과 효율이 비슷할 정도의 포션인 것 같습니다, 기영 씨."

"과찬입니다. 사제님들이 들으실까 부끄럽군요."

"사실 마법의 화력도 그렇게 밀리는 것 같지는 않아 보이더군요. 어떻게……."

"마도 길드에서 그렇게 말씀해 주시니 괜히 기분이 좋네요."

"아뇨. 아뇨. 단순한 인사치레가 아닙니다. 사실 평범한 마법사와 그다지 다를 바 없다고 느껴서 말입니다."

"아무래도 주문을 외우는 게 조금 더 오래 걸리거나 연성 마법진을 사용해야 한다는 단점이 있습니다만 괜찮은 촉매만 있다면 효율이 좋은 마법을 사용할 수 있습니다."

"효율이라고 함은……."

"적은 마력으로도 괜찮은 화력을 가진 주문을 완성할 수 있습니다."

"아아아아."

"물론 단점이 없는 것은 아닙니다. 주문을 외우기 위해 들어가는 촉매가 제법 비용이 나가니까요."

"혹시 가격이 얼마나 되는지 알 수 있겠습니까?"

"약 30골드입니다. 주로 마력의 정수를 이용하니까요."

"아! 마력의 정수."

"네. 하급 마법을 사용하는 데 들어가는 정수의 비용이 30골드입니다."

조금 놀라워하는 모습이 눈에 보인다.

그보다는 조금 질렸다는 표정.

말하자면 주문을 외울 때마다 30골드가 빠져나간다는 셈이니 아마 저런 반응을 보이는 것도 당연할 것이다.

물론 일반 등급의 마력의 정수 같은 경우에는 창고에 쌓여 있다. 차희라가 이쪽에 선물해 준 것들이 아직 많이 남아 있었으니까.

"확실히 효율적이라고 말할 수는 없군요. 그럼 혹시나 희귀 등급 이상의 마력의 정수는 한 번 사용하면 사라지는 겁니까?"

"예."

"그건 조금 아쉽군요."

"만약에 무한정으로 마력을 뽑아낼 수 있는 정수가 있다고 한다면 그거야말로 현자의 돌이라고 부를 만하겠죠."

"현자의 돌. 현자의 돌이라……."

이런 주제들이 마법사들이 환장하는 대화라는 거다.

"만들 수는 있는 겁니까?"

"제가 공부하고 있는 책에서도 조금씩 언급된 정도입니다. 아직 연구조차 제대로 들어가지 못했죠. 제대로 공부하기에는 아직 제가 부족하니 말입니다. 그렇지만 언젠가는 꼭 만들어낼 겁니다."

'현자의 돌은 개뿔.'

"저, 혹시 연구가 시작된다고 한다면……."

"네. 물론 모시도록 하겠습니다. 이것도 인연이니까요."

보통 마법사가 되는 인간은 이런 종류의 인간이다.

연금술이라는 분야에 궁금증을 가지고 있다면 나와의 대화를 원하는 것은 당연하다.

이걸로 마도 길드의 마지막 녀석과도 제법 가까워졌다.

아무튼 간에 이 원정대의 던전 공략도 순조롭게 진행되고 있었고 우리 파티도 타 파티에 훌륭하게 녹아들고 있었다.

김현성이 내 생각을 알고 있는지 모르고 있는지 모르지만 얻어 가는 것은 확실히 있다.

박덕구의 경우에는 탱커들의 커뮤니티로 들어가 여러 노하우를 빼내고 있었고, 김예리 역시 꽤나 훌륭히 적응에 성공했다.

물론 아직까지 1인분을 하고 있다는 느낌은 없었지만 양 갈래 머리를 한 꼬마는 아무 말 없이 묵묵히 활시위를 당기고 있었다.

애초에 스펙 자체가 뛰어난 선희영 같은 경우에는 적응하는 데 별 무리가 없어보였고 나 역시 그리 나쁜 모습은 보이지 않았다.

애초에 정하얀과 함께 마법을 쏘다 보니 별로 티가 나지 않는 게 원인이리라.

우리 여우 김현성은 지나치게 나서진 않으려는 느낌이었다.

힘을 숨기는 타입은 아닌 만큼 몸을 사리기보다는 움직일 기회가 없다고 하는 것이 맞으리라.

그만큼 원정대의 공략은 순조롭게 진행되고 있었으니까.

“그럼 잠깐 볼일 좀 보고 오겠습니다.”

“네. 아무래도 오늘은 이곳에서 묵을 것 같더군요. 혹시 시간이 되신다면 아까의 대화를 다시 한번 해주실 수 있으시겠습니까? 현자의 돌이라는 게 뭔지 자세히…….”

“네. 물론입니다.”

일은 보기 위해 살짝 원정대가 있는 곳에서 벗어나 세이프 포인트에 도달했을 때였다.

'그럼 그렇지.'

정유라가 슬그머니 이쪽으로 다가온 것.

슬슬 행동할 거라고 생각은 했었지만 내 생각보다 조금 더 빠르다.

"던전 경험을 하러 온 줄 알았더니 친목질이라도 하러 들어왔나 보네요?"

심지어 꽤나 직접적으로 물어와 조금 당황할 정도였다.

'그렇게 거슬렸었나?'

어쩌면 그렇게 보였을 수도 있다. 쉬는 시간마다 빨빨거리며 돌아다니고 여론을 휘어잡는 작업을 하는 것에 여념이 없었으니까.

정유라가 나를 자신과 동류라고 생각했다면 정치적으로 위협을 받는 것도 무리가 아니다.

공략을 시작한 지 얼마 되지 않은 시점에서 나는 모두에게 좋은 인상을 심어주는 데 성공했으니까.

"하하하. 말에 가시가 있는 것 같습니다, 유라 씨."

"그야 해도 해도 너무 하니 말씀드리는 거예요. 기영 씨."

"무슨 말씀이신지 이해가 잘 안 되는군요. 팀워크를 위해 친분을 다지는 건 당연하지 않습니까? 사전에 많은 시간을 보내지 못했으니까요."

"그 정도가 과하니까 하는 소리예요."

"무슨 말씀이신지?"

"적당한 긴장감마저 해치고 있다는 소리를 하는 겁니다. 너무 편한 모습을 보이는 건 좋지 않아요."

"던전을 공략하는 데 방해가 되지 않는 선은 잘 지키고 있다고 생각하고 있었는데……. 실제로 아주 원활하게 진행되고 있지 않습니까. 처음에 실수했던 저희 쪽의 전사 역시 무척 잘 적응해 주고 있고 다른 사람들도 모두 분위기 좋게 공략에 임하고 있는데 뭐가 문제인지 모르겠군요."

정론이다.

"저기요, 기영 씨."

"네. 말씀하시죠."

"아직 이곳에 들어온 지 얼마 안 되어서 잘 모르나 본데……던전이란 건 언제 어디서 무슨 위협이 있을지 모르는 장소예요. 아무리 쉬는 시간이라고 하지만 기영 씨가 분위기를 흐리고 있다는 거 정말로 모르시겠어요?"

"네. 모르겠습니다. 오히려 파티에 도움이 되고 있다고 생각합니다. 실제로 처음보다는 분위기가 좋아졌으니까요. 유라 씨가 인상을 찌푸리고 있다고 해서 모두가 인상을 찌푸릴 필요는 없지 않습니까. 물론 어느 정도 긴장해야 하는 건 저도 인지하고 있습니다. 실제로 원정 중에는 진지한 모습으로 임하고 있다는 생각했었는데…… 뭐가 마음에 들지 않는 것인지 정확히 요지를 모르겠습니다."

실실 웃으니 붉어진 얼굴이 시야에 비쳤다.

말은 정론이다.

그렇지만 표정을 살살 약 올리는 것처럼 지으니 금방 반응하는 게 꽤나 재밌다.

모르긴 몰라도 내가 도발에 특화되어 있는 얼굴을 하고 있는 모양이다.

"파티 내에 있을 영향력 같은 걸 걱정하고 있지는 않을 테고……. 던전 공략의 보상으로 나올 아이템이 욕심나는 것도 절~대 아니실 텐데. 왜 이렇게 저희를 잡아먹지 못해 안달인지 모르겠습니다. 물론 희귀 등급의 아이템이면 당연히 탐이 나서 비벼보고 싶기야 하겠지만, 설마 검은 백조 길드에서 밀어주는 정유라 님께서 그런 욕심을 낼 리가 없겠죠."

아마 심장이 쿡쿡 쑤셔올 것이다.

"어쩌면 영웅 등급의 아이템이 나올 수도 있기는 하지만 그래도 말입니다. 고작 좋은 장비 하나 먹자고 이러는 건 조금은 치사하지 않습니까? 저라면 차라리 양보하고 말았을 겁니다. 뭔 정치질을 그렇게 심하게 하시는지……. 아, 혹시 제가 착각했다면 정말로 죄송합니다."

얼굴이 무척이나 붉어져 있다.

물론 나 역시 영웅 등급의 장비가 등장한다면 눈이 돌아가기야 하겠지만 속물이 아닌 척하는 것은 굉장히 쉽다.

"혹시 정곡을 찔렀……."

"야."

"네?"

"내가 우스워?"

"아뇨. 절대로 우습지 않습니다. 그럴 리가 없지요. 검은 백조의 정유라 님이신데 말입니다. 그런데……."

"……."

"왜 반말을 하고 그러십니까. 응?"

기가 차다는 얼굴이다.

갑작스러운 태세전환에 당황한 모양이다.

어차피 듣는 사람도 없고 보는 사람도 없다.

"저는 엄연히 파란 길드의 정식 파티에 등록되어 있는 길드원입니다. 이런 식으로 나오시면 안 되죠, 정유라 씨."

"허…… 차희라의 기둥서방이라더니 눈에 뵈는 게 없나 봐? 여기서도 용병여왕이 너를 지켜줄 수 있다고 생각하는 건 아니지?"

"방금 말은 저를 어떻게 하겠다고 위협하는 것처럼 들립니다, 정유라 씨. 발언을 조심해 주셔야죠. 그리고 제가 믿고 있는 건 희라 누나가 아닙니다."

"뭐?"

살짝 숨을 들이킨다.

내 입에서 다음에 나올 말이 뭔지 기다리고 있는 것처럼 보였지만 당연히 이곳에서 쓸데없이 드잡이를 할 마음은 없다.

괜한 다툼으로 이미지를 깎아 먹는 것은 최대한 지양해야 되는 일이었으니까.

대신 조금은 큰 목소리로 그녀를 향해 입을 열었다.

"죄송합니다!"

"뭐?"

조금은 멀리 떨어져 있는 원정대가 들릴 정도의 목소리로 말이다.

"너…… 지금 무슨 짓을……."

"정말 죄송합니다!"

한 번 더 크게 미안한 마음을 담아 사과의 말을 전하자 무척이나 당황스러워하는 얼굴이 시야에 비쳤다.

그야 저런 표정을 보내는 것이 당연하다.

뜬금없는 타이밍에 나온 목소리였으니까.

그렇지만 어째서 내가 진심 어린 마음의 사과를 보낸 건지는 대충 감이 온 모양.

표정이 구겨지는 것이 눈에 보였다.

"무슨 일입니까?"

역시나 헐레벌떡 뛰어오는 최영기와 그의 친구들이 보인다. 심지어는 방금 전 대화를 나눴던 마도 길드 사람들 역시 눈에 띄기 시작한다.

물론 정하얀과 선희영을 비롯한 우리 파티원과 검은 백조의 파티원도 다가왔다.

"정말로 죄송합니다, 유라 씨."

"너……."

"기영 씨? 이게 무슨 일입니까?"

"아…… 아니요. 별일 아닙니다."

"네…… 네. 별일 아니에요, 최영기 님."

'아니긴.'

"저는 유라 씨에게 물어본 것이 아닙니다. 기영 씨, 이게 무슨 일인지 설명해 주시겠습니까?"

고맙게도 무척이나 사랑스러운 붉은 용병의 최영기가 꼬치꼬치 캐묻기 시작한다.

정하얀은 무슨 일인지 어안이 벙벙했지만 일단은 피해자가 된 내 모습에 조금 분노하는 모습을 보였다.

'선희영은 왜 저래?'

선희영 역시 마찬가지.

피해자를 연기하는 것은 무척이나 쉬운 일이다. 특히나 힘의 차이가 명백한 이런 상황에서는 말이다.

"무슨 일입니까? 기영 씨."

"그게……."

"……."

"별것 아닙니다. 그저 조금 긴장하고 주의하라는 소리를 들었을 뿐입니다."

"네?"

"아무래도 쉬는 시간 동안 여러분과 대화를 나누는 게 마음에 들지 않는 것처럼 보여서……. 잠깐 긴장을 놓고 있었기 때문인 거 같습니다. 제가 분위기를 흐리고 있다고 하셔서……."

"네?"

"저 나름대로는 분위기를 좋게 하자는 의도였는데…… 아무래도 탐탁지 않아 하시는 것 같습니다."

거짓 하나 들어 있지 않은 진실이다.

무척이나 황당해하는 정유라의 모습은 웃음이 나올 지경이다.

얼굴이 하얗게 질린 얼굴.

순도 백 퍼센트의 진실이 밝혀지자 모두가 어처구니없어하는 표정을 하고 있었다.

붉은 용병의 최영기와 마도 길드, 심지어는 김현성까지 조금은 무거운 눈빛을 그녀에게 보내고 있었다.

"죄……."

다시 한번 사과의 말을 보내려고 했던 바로 그때.

"사과할 필요 없습니다, 기영 씨."

말을 막은 것은 사랑스러운 내 동생 김현성이었다.

'얘, 화났나?'

확실히 기분이 나쁘다는 표정이었다.

"기영 씨는 잘못한 게 없습니다. 아니 설사 잘못했다고 하더라도 유라 씨가 굳이 기영 씨의 잘못을 지적할 권한은 없습니다."

'잘한다.'

"기영 씨는 엄연히 파란 소속원입니다. 만약에 실수를 하셨다면 제가 먼저 말씀드렸을 겁니다. 어째서 유라 씨가 저보다 먼저 우리 파티원의 행동을 문제 삼았는지는 모르겠지만 기분이 나쁘군요."

사실 이것까지는 계산하고 한 행동은 아니었다.

단순히 여론을 조작해야 한다는 게 가장 중요하다고 생각했지만 다시 한번 떠올려 보니 김현성이 기분이 나쁜 것도 당연하다.

엄연히 정유라가 한 행동은 월권이다.

내 소속은 파란.

나를 관리하는 일 역시 김현성의 일이라는 것.

아무 상관없는 정유라가 이러고 있다는 것 자체가 말이 되지 않는다.

본인 입장에서는 영향력을 넓히기 위해, 혹은 선배 입장에서 던질 수도 있는 말이라 생각하겠지만, 이 대륙에서 진득하게 오래 붙어 있었던 김현성의 상식 내에서는 용납이 되지 않는 것이다.

말하자면 타 파티원에게 지나치게 간섭하는 것은 금기라는 뜻이다.

아마 암묵적으로 이 세계에 통용되는 룰일 것이다.

정유라는 그 룰을 어긴 셈이 된다.

'우리 파티를 호구로 봤다는 거지.'

김현성의 발언을 간단하게 직역하자면 이렇다.

'도대체 네가 뭔데 우리 애들을 건드리느냐.'

박덕구 때처럼 공략을 이끌고 있는 최영기에게 하는 소리도 아니고 굳이 나를 이곳으로 불러내 한 소리를 하는 건 확실히 문제가 있다.

따뜻한 김현성의 품이라는 건 예상보다 조금 더 행복한 공간이다.

'아주 좋아.'

상황은 아주 좋게 돌아가고 있다.

사실 화를 내는 시어머니보다 말리는 시누이가 더 미운 법.

시누이를 연기하기 위해 감정을 잡기는 쉽지 않았지만 마치 물 만난 물고기처럼 이 배역은 내게 딱 들어맞는다.

"현성 씨, 유라 씨는 선배의 입장에서…… 한 말씀 해주신 것 같습니다. 딱히 그럴 의도는 없으셨던 것 같은데……."

"아닙니다, 기영 씨. 아무리 그렇다고는 해도 이런 식으로는 아닙니다."

"저도 잘못한 것이 분명……."

"확실하게 말씀 드립니다. 기영 씨는 잘못한 게 없습니다."

솟아오르려는 입꼬리를 막을 수가 없다. 당황하고 있는 정유라의 얼굴이 보였기 때문이다.

이미 비호감 지지율은 천장을 꿰뚫을 지경.

별것 아닌 선동으로도 이미 당선이 확정된 정유라를 보니 정말로 웃음을 참기 힘들었다.

'푸핫.'

그 와중에도 나에게는 격려의 말들이 쏟아져 내리는 중.

위로를 받는 것도 일이다.

"아직 기영 씨가 이곳에 오신 지 얼마 안 되어 잘 모르시겠지만 현성 씨 말이 맞습니다. 만약 기영 씨에게 할 말이 있었다면 적어도 파티장에게 양해를 구하는 게 맞습니다. 저런 식으로 뒤에서 따로 불러내 잘못을 지적한다는 건…… 이해하기 힘든 일입니다."

"이건 아니지요. 아무리 잘못했다고 한들 이런 식으로는 아닙니다."

"파란의 파티가 경험이 부족해 배우고 있는 입장이라곤 하지만 파란 역시 던전행을 함께 진행하고 있습니다. 못난 모습을 보여주고 있는 것도 아니고 오히려 제 역할을 충분히 잘해주고 있는 상황에서……. 검은 백조의 행동은 정말로 이해하기 힘드네요."

기본적으로 지켜야 할 예의에 대해서 말을 하는 마도 길드.

"기영 씨는 잘못한 것이 없습니다. 오히려 좋은 분위기를 만들어 주셨다고 생각합니다. 공략을 진행할 때는 실제로 열심히 임해주시기도 했고……."

"아암. 그렇지. 그렇고말고. 사실 어디 이런 분위기로 공략을 진행하는 게 쉬운 일인가? 다른 파티 들어가면 싸우고 헐뜯는 게 일상다반사인데."

"의사소통은 중요합니다. 솔직히 검은 백조가 뭐 한 게 있다고 저러는 건지 원."

"쯧……."

감정에 충실한 붉은 용병까지 함께해 주고 있다.

물론.

"너무한 것 같습니다. 쯧."

"유라 씨, 이렇게까지 하는 건 조금 심하지 않습니까. 엄연히 같이 원정을 나온 파티입니다."

"어휴……."

정유라 그녀에게도 직접적인 비난에 화살이 쏟아져 내렸다.

사전에 치밀한 설계가 없었다면 이런 그림은 만들어내지 못했을 거다.

'이래서 이미지가 중요한 거지.'

이래서 평소 쌓아왔던 이미지가 중요하다.

"오빠…… 어디 다친 곳은 없으세요?"

"응. 괜찮아, 하얀아. 별일 아니야."

"정확히 무슨 일이 있으셨던 건가요?"

"괜찮습니다, 희영 씨. 아까 전에 말씀드렸던 게 전부입니다."

사실 따귀라도 한 대 맞았으면 정말로 좋을 뻔했다.

그렇지만 정유라도 그 정도로 생각이 없지는 않은 모양.

상처를 입었다고 한다면 정하얀이 정유라 암살 작전을 계획할지도 모르는 만큼 이 정도가 딱 적정선이기는 하다.

아무튼 간에 흘러가는 상황은 이쪽에 무척이나 유리하다.

정유라가 표정을 구기고 있는 도중에도 나에게는 계속해서 위로의 목소리가 쏟아지고 있었다.

사과할 필요 없었다거나 오히려 분위기를 좋게 만들어졌다는 것이 주된 평가.

딱히 모난 짓을 하지 않았고 오히려 원정대에 활기를 불어 넣었으니 당연한 반응이리라.

솔직히 여기서 정유라가 어떤 선택을 할지 궁금했지만 그녀가 선택할 수 있는 방향은 이미 정해져 있다.

'잘못을 인정하고 납작 엎드리기.'

그나마 이게 제일 나은 선택이기는 하지만, 그럴 경우 결과가 그리 좋지 않을 것이 당연할 것이다.

이미 무너져가는 위치라고는 하지만 고개를 숙인다는 것은 그녀의 입지가 더 줄어드는 것을 의미한다.

조금 밉보이는 걸 감수해서라도 자신이 파티에 기여하려고 했다는 사실을 전하려는 것이 맞다.

그게 가장 옳은 선택이다.

간단히 말하자면 딱 중간 포지션을 유지하는 것이 좋다.

그녀의 생각도 별반 다르지 않은 모양인 것 같았다.

"일단은 죄송합니다."

사과하되 너무 저자세로 나오지 않겠다는 것.

'멍청한 년.'

"기영 씨는 엄연히 제 파티원이고 제 관할 아래 있습니다."

"미리 말씀을 드리지 못해서 죄송합니다, 현성 씨. 그리고 갑작스러운 상황에 상처 받았을 기영 씨에게도 사과드리겠습니다."

"단순히……."

"제가 조금 민감하게 반응했던 것 같습니다. 그렇지만 할 말은 해야겠다고 생각했습니다. 너무 긴장감이 없다고 생각했으니까요. 만약에 정상적인 파티로 이루어진 원정대라고 한다면 이런 걱정을 할 필요도 없겠지만."

'등신.'

"조금이지만 경험을 가지고 있는 선배로서 할 말은 해야겠다고 생각했습니다. 물론 그 방법이 잘못됐다는 건 충분히 인지하고 있습니다."

"어째서 정유라 씨가 기강을 바로 잡으려는지 모르겠습니다. 물론 초반에 저희의 실수가 있었다고 하지만 그 후에는 그렇게 큰 문제가 발생하지 않았습니다."

"그렇지만 잔실수가 있었다는 것도 사실이니까요."

내 생각보다 꽤나 괜찮게 대처한다.

간단히 말하자면 이렇다.

'내가 잘못하기는 했다. 그런데 너희도 실수했잖아? 솔직히 우리 등에 업혀가는 입장인데 이 정도는 이해해 줘야 하는 거 아니야? 너희 경험 없잖아. 배우려고 온 거잖아. 그럼 이 정도는 감수해야지. 그래도 방법이 잘못되기는 한 것 같네. 미안하긴 미안하다.'

궤변이기도 하지만 정론이기도 하다.

만약 그녀가 여론을 등에 업고 있었다면 당선됐을 수도 있을 만큼 훌륭한 대처다.

아니나 다를까 검은 백조에서 목소리가 터져 나오기 시작했다.

“사실 많은 분이 파란의 탱커 분을 배려해 주는 거잖아요. 만약에 그게 아니었으면 조금 더 원활하게 진행됐을 거예요. 저희의 부담도 조금 줄어들었을 거고요.”

“파란의 궁수 분도 사실 일인분을 하고 있다고는 하기 힘들고…….”

“연금술사 분도 사실 전투 직군은 아니어서…….”

사과를 하면서도 우리 파티를 물고 늘어지는 것이다.

당연히 반대되는 의견도 나왔다.

“그렇지만 방해가 된다고는 할 수 없습니다. 실제로 하얀 씨의 마법 때문에 도움을 받은 적도 많고 무엇보다 선희영 씨가…….”

“몇 번이나 도움을 받았습니다. 벌써부터 이렇게 문제 삼으려는 것 자체가 잘못되었다고 생각합니다만.”

그 말대로 이렇게 논란이 되고 있다는 것 자체가 좋지 않은 일이다.

말하자면 의미 없는 심판대에 오른 셈.

긍정적인 분위기든 부정적인 분위기든 일단 이런 입장에서는 움직임에 제약이 생긴다. 이쪽을 심판대에서 빠르게 내리고 검은 백조를 올리는 것이 최우선 과제다.

어떤 식으로 말해야 할지 고민하고 있을 때였다. 김현성의 얼굴이 조금 굳어 있다.

'역시.'

부처 같은 김현성이라도 화가 날 것이다.

대충 보기에도 김현성은 정치질에 익숙해 보이지 않다. 좋아하는 것처럼 보이지도 않는다.

그런데 우리가 정치질을 당하고 있으니.

녀석의 마음이 편안할 리 없다.

"다음부터는 이런 일 없었으면 좋겠습니다. 만약 저희 파티에게 할 말이 있으시면 제게 직접 해주시죠."

"네. 정말로 죄송합니다, 현성 씨. 그리고 마음고생 하셨을 분들께도 죄송합니다. 특히 기영 씨에게는 정말로 죄송해요."

"아닙니다. 조금 놀라기는 했지만요."

"저도 깜짝 놀랐네요. 상처 받으실 줄은 몰랐는데……. 나중에 따로 이야기라도 나누도록 해요."

"뭐, 그러진 않았습니다. 조금 당황했을 뿐이죠."

우리를 심판대로 올리기는 했지만 저년이 잃은 것도 많다.

여론을 잃는 순간 정치생명은 끝이라는 걸 모르고 있을 리가 없다.

어쩌면 이 여론을 뒤집을 만한 수가 있을 수도 있다고 생각했다. 아니, 가지고 있는 것은 뻔하다.

이 원정대에 더욱 열심히 기여하는 것.

말하자면 원정대의 안전을 위해 억지로 악역을 자처했다는 느낌.

그러나 가짜 악역을 진짜 악역으로 만드는 것 정도는 손바닥 뒤집는 것보다 쉽다.

'어떻게 할까.'

선택지는 무척 많다.

여유로운 척하지만 '체크'를 한 번 피한 것에 불과하다.

이미 저년은 국민 비호감으로 낙인 찍혔다.

이 여론을 이용하기만 해도 그녀를 고립시키는 것도 가능하지만 우리 김현성은 그렇게 단순한 방법으로 해결할 생각이 없는 것 같았다.

"잠깐 모여주시겠습니까?"

"네."

우리끼리 할 이야기가 있는 것을 눈치챘는지 다른 이들이 살짝 자리를 비켜줬고 김현성은 우리를 바라보며 천천히 입을 열기 시작했다.

"일단은 죄송합니다."

"아뇨. 현성 씨가 죄송할 건 없습니다. 오히려……."

"아닙니다. 배우자는 생각으로 오긴 했지만 이렇게 타 파티에게 무시 받고 계실 줄은 생각하지 못했습니다."

'딱히 무시 받고 있었던 것은 아닌데…….'

"여러 가지를 배우셨을 거라고 생각은 하고 있습니다만……."

"네."

"지금부터 이런 일은 없을 겁니다."

본래 김현성은 책임감이 있는 녀석이다.

열이 받기는 했던 모양. 입술을 꽉 깨물고 있는 녀석을 보니 무언가 따로 생각이 있는 것 같다.

"위치를 변경하도록 하겠습니다. 제가 조금 더 전위에 서겠습니다. 덕구 씨는 하던 대로 해주시면 됩니다. 마법을 쓸 타이밍도 이쪽에서 따로 지시하도록 하겠습니다. 희영 씨는 덕구 씨에게 조금 더 집중해 주세요. 이쪽은 없다고 생각하시면 됩니다. 예리는 평소와 하던 대로……."

"네."

"하얀 씨는 화력을 조금 더 올리셔도 됩니다. 희영 씨가 덕구 씨를 봐주시면 되니까요."

'아아아아.'

본래 녀석은 절대로 호구라고 할 수는 없다.

이제야 김현성이 무슨 생각을 하고 있는지 깨달을 수 있었다.

지금까지 일선에 나서지 않았던 것은 어디까지나 우리를 위해서다. 확실하지는 않지만 여러 이유가 있었을 것이다.

사냥에 익숙해지길 바랐을 수도 있고 혹시 모를 자만심을 줄이고자 하는 의도가 있을 수도 있다. 우리 파티는 주목을 받고 있었고 실제로도 계속되는 편한 생활로 인해 예전 같은 절박함이 사라지고 있는 상태였으니까.

그러나.

'고맙게 올라타겠습니다.'

정유라에게 엿을 먹이고 싶은 건 나뿐만이 아니게 됐다.

검을 꽉 쥐고 있는 회귀자를 바라보며, 조금은 홀린 듯이 고개를 끄덕였다.

"정말 너무한 것 같습니다."

"네?"

"정유라 말입니다."

"아아아아."

"쯧. 성과에만 너무 집착하는 성격이랄까. 휘하에 있는 이들도 고생이 많을 겁니다."

"그렇군요."

"너무 신경 쓰지 않아도 됩니다. 아마 기영 씨를 나쁘게 생각하는 사람은 아무도 없을 겁니다. 저희 마도 길드에서도 정유라가 심했다는 말이 나오더군요."

"다행이네요. 혹시나 폐를 끼치진 않았을까 걱정했는데……."

"아뇨. 아뇨. 어딜 가나 분란을 조성하는 이가 있는 법이죠. 던전에 함께 들어가면 인간성을 알 수 있다는 격언을 이제야 실감했지 뭡니까. 최소한의 예의는 있는 사람이라고 생각했는데, 당분간 검은 백조와 협연하는 일은 없을 것 같습니다. 특히 정유라, 저 여자와는 말입니다."

"우리 붉은 용병도 마찬가집니다."

"제 입장에서는 아예 이해할 수 없진 않습니다만……."

"기영 씨가 사람이 좋아서 그런 겁니다. 다른 파티의 일까지 관여하는 건 월권입니다. 진심 어린 사과를 해도 모자랄 판에 마지막까지 큰소리치는 꼴이라니……. 만약 거슬렸더라도 대화로 해결하거나 원정대장를 통해 말하는 것이 맞죠. 길드의 힘이 자기 것이라고 믿는 사람이 꽤나 많습니다. 실례되는 말이기는 하지만 만약에 파란이 예전 같았다면 입도 뻥긋하지 못했을 겁니다."

"하하하."

"그건 그렇고 정확히 뭐라고 말한 겁니까?"

"이거 참. 말씀드려도 될지 모르겠는데……."

"걱정하지 않으시고 말씀해 주셨으면 합니다."

당연히 말할 생각으로 가득 차 있다. 굳이 숨길 이유도 없으니까.

"그게…… 친목질을 하지 말라고 하더군요."

"네? 정말입니까? 친목질이라고 말했습니까?"

"네. 던전 공략을 하러 왔는지 친목질을 하러 왔는지 모르겠다며…… 말씀하시더군요. 그저 마도 길드 여러분과 친해지고 싶었을 뿐이었는데. 제가 너무 편히 있기는 한 모양입니다."

"아뇨. 전혀 그렇지 않습니다. 허, 친목질이라니. 허……."

"또 이건 말씀드려도 되는지 모르겠습니다만."

"말씀하셔도 됩니다."

"그…… 용병여왕이 너를 여기서도 지켜줄 수 있을 것 같냐고…… 말하시더군요."

"미친년."

격한 반응을 보일 줄은 알았지만 붉은 용병의 이름 모를 검사가 불편하다는 듯이 중얼거렸다.

"드, 듣겠습니다."

"들으라지. 그거 완전 정신 나간 년 아닙니까? 어디 주제도 모르고 용병여왕님을 걸고 넘어져? 지가 뭔데! 우리는 보이지도 않는다는 거 아니야. 응? 걱정하지 않으셔도 됩니다, 기영씨. 저 거지 같은 여자가 혹시나 이번 일로 해코지라도 한다면 제가 가만히 있지 않겠습니다. 감히 어딜……. 나 진짜 어이가 없어서."

"정말 그렇게 위협받으셨단 말입니까? 지금 당장 나가서 정식으로 항의하는 게 옳습니다. 어디 할 짓이 없어 범죄자나 할 짓을……."

"아뇨. 아뇨. 정말로 괜찮습니다. 더 이상 일을 크게 만들고 싶지 않습니다."

"쯧. 편견인지는 모르겠지만 말입니다. 도적이나 암살자 직군 중에 저런 사람이 많이 보이는 것 같더군요. 도적은 신성마법 받지 말고 뒤에서 붕대나 감으라는 소리가 괜히 나왔겠습니까? 다 저런 여자 때문에 나온 말입니다."

"하하……."

적당히 말리는 액션이 중요하다.

내가 취할 포지션은 어디까지나 시누이. 나서지 않아도 이미 어느 정도 분위기는 만들어져 있다.

정유라가 우리 모두의 주적이라는 분위기 말이다.

방금 대화뿐만이 아니다.

한차례 소동이 지난 뒤, 모두 내게 따뜻한 위로의 말 한마디를 꺼냈고 마치 모두가 약속이라도 한 것처럼 정유라에겐 한마디 내뱉는 것을 서슴지 않았다.

우리를 심판대로 올린 것치고는 지나치게 큰 대가를 치른 것이다.

'물론.'

뒤늦게 사태의 심각성을 깨달은 정유라도 괜스레 이곳저곳 기웃거리고는 있었지만 소득이 없는 게 당연하다.

애초에 지나친 친목질이 좋지 않다고 발언한 그녀를 좋게 생각할 리 없다.

모두 뒤에서 내가 열심히 이빨을 털어준 덕분.

이미 여론을 관리하려고 해도 그럴 수 없는 상황에 처한 것이다.

'그래서 평소에 잘하는 게 중요한 거야.'

누가 봐도 소 잃고 외양간 고치는 행동을 하고 있으니 웃음이 나올 지경이다.

그녀가 발버둥 칠수록 싸늘한 시선이 꽂히는 것이 눈에 보일 정도였다.

특히나 용병여왕을 언급했다는 사실이 알려지기 시작하면서 붉은 용병 길드 내에서의 평가는 최악으로 치닫고 있었다.

오죽하면 원정대장이라고 할 수 있는 최영기가 파티원들에게 조금만 참아달라고 이야기했을까.

실제로 몇몇은 같이 던전 공략에 임할 수 없다며 말을 할 정도였으니, 중재자 입장인 최영기도 이만저만 고생이 아닐 것이다.

"자, 그럼 다시 출발하도록 하겠습니다."

"네."

정리하자면 이곳에서 정유라의 입지가 사라지고 있다는 것.

이런 상황에서 그녀가 비벼볼 수 있는 것은 앞으로의 공략에서 최대한 활약하는 것이겠지만 김현성이 풍기는 분위기를 보면 그것도 원활할 것 같지는 않다.

정유라 입장에서는 우리의 실수를 비집고 들어가 '그럴 줄 알았다'라고 말하는 것이 가장 이상적일 터. 극단적이지만 어쩌면 사고가 나길 바랄지도 모른다.

"아, 그럼 저는 다시 가보겠습니다."

"네."

파티의 분위기 자체가 조금 달라졌다. 더 이상 실수하지 말아야 한다는 표정들이다. 김현성의 묘한 분위기 때문인지 모두 집중하기 시작한 것이다.

확실히 녀석은 리더의 자질이 있다. 사람을 끌어당기는 힘이 있고 분위기를 바꾸는 힘이 있다.

"긴장하지 않으셔도 됩니다, 덕구 씨. 최대한 후방에만 집중한다고 생각하세요."

"아, 알겠소."

"예리야, 다른 곳은 상관없으니까 상처가 난 부위를 집중적으로 노리면 돼. 기왕이면 마력을 신는 게 좋을 거야."

"네……."

"하얀 씨와 기영 씨는 잘하고 계십니다."

"감사합니다."

"희영 씨는 저를 봐주지 않으셔도……."

"네. 기억하고 있어요, 현성 씨."

"좋습니다."

다른 파티원들 역시 묘한 열의를 태우는 중이다. 차라리 빨리 괴물이 그 모습을 드러냈으면 하는 생각이 들 정도였다.

조용한 분위기에서 세이프 포인트를 벗어난 것은 금방이었다.

언제 어디서 녀석들이 나타날지 모르는 만큼 궁수들은 주변 경계에 힘쓰고 있다.

정원이라는 이름이 붙기는 했지만 마치 정글 같은 환경. 무엇이 식물이고 무엇이 몬스터인지 구분조차 힘든 만큼 더욱 더 신경을 곤두세우는 것이 당연하리라.

나 역시 함께 상황을 살피고 있었을 때 김현성의 목소리가 들려왔다.

"주문을."

"네."

어째서 주문을 외워야 하는지 굳이 묻지 않았다. 시키는 대로 하면 광명이 열릴 거라는 걸 알고 있으니까.

정하얀도 고개를 끄덕이며 천천히 내 속도에 맞추기 시작한다.

"주여."

"빼앗기지 않는 힘을."

"지킬 수 있는 힘을."

"불꽃을."

"바람을."

정하얀은 이런 식으로 목소리가 교차되는 것이 마음에 드는 모양이다.

내가 주문을 외우는 속도에 맞춰 마력을 꾸역꾸역 담는 모습이 시야에 들어왔다.

마치 화음을 쌓는 느낌은 나도 꽤나 즐겁다.

촉매에 마력을 불어넣고 마력의 탑을 계속해서 쌓아간다.

"전투 준비합니다."

최영기가 전투를 알렸다.

어째서 주문을 외워놓으라고 했는지 알 수 있었다. 눈에 보이는 것은 거대한 몬스터. 중형이라지만 사람에 비하면 터무니없이 컸다. 심지어 처음 봤던 녀석보다도 크다.

전위들이 있기는 하지만 조금 움츠러드는 것도 사실이다.

그러나.

구어어어억!

우리 회귀자를 믿는다.

김현성이 앞으로 달려 나간 것은 바로 그때였다.

"당신, 뭐 하는 건가요?"

정유라가 마치 기다렸다는 듯 꼬투리를 잡았지만 전혀 잘못되지 않았다. 괴물은 틀림없이 박덕구를 바라보고 있었으니까.

김현성의 조언대로 선희영의 신성 마법이 박덕구에게 쏟아졌다.

괴물의 거대한 주먹이 박덕구에게 떨어지기도 전에 괴물의 한쪽 팔이 갈라지기 시작.

누가 저 팔에 상처를 냈는지는 뻔한 일이다.

'허.'

숨을 돌리기도 전에 김예리가 김현성의 지시대로 괴물의 절단 부위를 노려 활을 쏘았다.

순식간에 팔 하나를 잃은 괴물.

다음 공격을 막아내기 위해 준비하던 박덕구도 그 광경에 조금 당황한 모습이었지만 뭔가에 홀린 듯이 위치를 옮기기 시작했다.

전위의 상황은 알 수 없지만 내 눈에는 마치 김현성이 박덕구가 움직여야 할 곳을 정해준 것처럼 보인다.

나머지 팔로 박덕구를 찍어 누르려는 괴물이 방패를 부수려던 차, 그 팔마저 김현성의 검에 찢겨져 나간다.

두 팔을 잃고 몸통을 훤히 드러내고 있는 괴물을 상대로 무엇을 해야 하는지는 정해져 있다.

"마법을."

"화염."

"폭풍!"

김현성이 입을 연 타이밍과 거의 동시였다.

나와 정하얀이 함께 주문을 외웠다.

내가 외운 화염 주문이 메인이라지만, 사실상 정하얀의 마법에 많이 의지하고 있다. 정하얀이 내 주문의 공격력을 돕기 위해 선택한 콜라보.

식물거인의 발밑을 타고 치솟은 화염의 폭풍은 녀석을 금방 집어삼켰다.

곧 식물거인이 큰 비명을 내지르며 쓰러졌다.

박덕구가 그 영향 안에 있는 것 같지만 선희영이 박덕구를 마크하고 있으니 아마 괜찮을 것이다.

"다음."

'하…….'

결코 김현성의 스펙이 높은 것은 아니다. 실제로 김현성의 능력치는 저들과 크게 차이가 없었으니까.

이건 스펙 이전의 문제.

경험, 센스.

뭐라고 정확히 정의할 수 없다.

그렇지만 김현성이 우리를 이끌고 있다는 것 하나는 제대로 느껴진다.

김예리가 화살을 날려야 할 타이밍을 계속해서 알려주었고, 박덕구에게는 길을 인도하는 느낌이다.

나나 정하얀 역시 마찬가지.

어떻게 공격을 해야 하는 건지 어떤 타이밍에 주문을 외워야 하는 건지 이끌어 주고 있다.

말로 하나하나 설명하는 것이 아니다.

'여기야'라고 정확히 집어주는 것만 같다.

서둘러 다시 주문을 외운 순간에 딱 맞춰서 빈틈을 드러내는 몬스터.

다시 한번 마법을 퍼붓는다.

다른 파티가 굳이 박덕구를 도와주기도 전에 박덕구 스스로가 뭔가에 홀린 듯이 움직였다.

'귀신에 홀린 것도 아니고…….'

사냥이 쉽다고 느끼기는 처음.

나와 정하얀이 하는 일이라고는 주문을 외우고 쏘는 것밖에 없다.

물론 놈들의 공격 패턴이 무척이나 단순하기 때문에 가능한 행동이었겠지만 도무지 이해가 되지 않는다.

주문 하나에 몬스터 하나가 쓰러지는 진풍경을 보게 될 줄은 상상도 못 했다.

다른 파티 역시 자신들의 눈앞에 있는 몬스터에게 집중하고 있지만 갑자기 달라진 우리 파티의 움직임에 입을 크게 벌리고 있다.

정유라 같은 경우에는 경악이다. 뭐가 잘못되어도 단단히 잘못됐다는 표정으로 이쪽을 바라보고 있다.

'회귀자 버스가 편할 거라고는 생각했지만…….'

본격적인 라이딩은 내 상상 이상. 너무나도 편안한 시트 때문에 바지를 갈아입고 싶어질 정도다.

"다음."

'승차감 지리는데?'

마치 나도 괴물 대열에 합류한 것만 같은 기분에 저도 모르게 입꼬리가 올라가기 시작했다.

'이런 게 버스구나.'

사실 버스라는 말로도 부족하다. 고급 세단도 이렇게 편하지는 않을 것이다. 이미 다른 사람들의 입은 벌어질 대로 벌어져 있는 상황.

저런 반응을 보이는 게 당연하다.

현재 김현성이 보여주는 모습은 이곳에 들어온 지 1년도 안 된 사람이라고 하기엔 무리가 있다.

단순히 스탯이 높다는 의미가 아니다.

김현성은 현재 자신이 가지고 있는 스탯치의 약 2배가 넘는 움직임을 보여주고 있다.

물론 근접 직군이 아닌 내가 뭐라고 평가를 내리기는 어렵지만, 비전공자인 내가 봐도 특별한 걸 알 수 있었다.

붉은 용병의 최영기를 비롯한 이들이 어떤 생각을 하고 있는지는 뻔할 뻔자.

'괴물.' 혹은 '천재.'

얼굴에 전부 드러나 있다.

물론 고평가를 받는 것은 김현성뿐만이 아니었다. 나와 정하얀이 보여주는 마법도 상상 이상.

사실 나 같은 경우에는 반 이상을 정하얀에게 의지하고 있었지만 화력의 제한을 두지 않아도 되는 마법이 착실하게 괴물들에게 틀어박히며 인상적인 모습을 보여주었다.

박덕구를 케어하는 선희영과 자신의 역할을 다하고 있는 김예리도 마찬가지다.

이제야 완벽한 한 팀이 된 것 같다.

조금 과장해서 말한다면 사냥을 하는 이 일련의 과정이 재밌게 느껴질 정도였다.

퍼즐이 딱딱 맞춰졌을 때 느낄 수 있는 카타르시스를 사냥을 통해 느낀다는 것은 쉽지 않은 일이다.

애초에 느낄 수 있다는 게 당황스럽다.

사랑스러운 회귀자가 나서서 파티를 이끌어 주고 있는 것만으로도 이렇게나 달라질 수 있다는 게 신기했다.

'다르긴 다르네.'

적어도 내 기준으로는 완벽한 파티의 모습을 보여주고 있는 것이다.

주문을 외우는 동안 슬그머니 정유라를 바라보자 무척이나 당황한 듯한 얼굴을 확인할 수 있었다.

'그러시겠죠.'

애초에 그녀의 알 수 없는 자신감의 근원은 전투 능력에서 기인한다.

여론이 자신을 어떻게 판단하든 원정대를 위해 어쩔 수 없는 악역이 되었다는 포지션을 바라고 있을 것이다.

어차피 그녀가 어떤 선택을 하든 대외적으로 이미지가 나빠졌다는 건 바꿀 수 없지만, 그래도 자신이 악역을 자처했기 때문에 던전을 공략할 수 있었다는 언론 플레이는 할 수 있을 테니까.

그 모든 계획이 망가지고 있는 것을 보니 웃음이 나올 것 같다.

"다음."

뭔가에 홀린 듯이 주문을 외우고 마법을 던진다.

거대한 녀석들이 하나하나 쓰러져 갈 때마다 왠지 모르게 찌릿찌릿한 뭔가가 올라온다.

정유라의 표정이 구겨질수록 이쪽의 입꼬리는 올라간다.

결국에는 눈앞에 있는 모든 몬스터가 쓰러졌을 때, 장내에 묘한 침묵이 내려앉았다. 대부분 방금 전투를 믿을 수 없다는 듯 벙벙해한다.

길어진 침묵이 부담스러웠는지 최영기가 나서 슬그머니 입을 열었다.

"천재가 정말로 있기는 있는 모양이로군요."

"과찬이십니다. 여러분을 보고 흉내를 내본 것이 전부입니다."

"아닙니다. 저는 물론 이곳에 있는 그 어떤 사람도 현성 씨처럼 움직일 순 없을 겁니다. 단순히 스펙이 좋다기보다는 뭐랄까. 경험이 무척 많은 느낌이랄까요. 솔직히 조금 자괴감을 느끼고 있습니다. 현성 씨에게도 파란의 파티원 분들에게도 말입니다."

"그런……."

"파티원 분들도 전체적으로 많이 달라진 것 같은 느낌이었습니다. 솔직히 파란이 큰돈을 들여 여러분을 영입했을 때는 조금 무리하는 게 아닌가 싶었지만 지금 보니 그들이 현명했군요. 파란이 예전의 위세를 되찾을 날도 얼마 남지 않은 것 같습니다."

"과찬입니다."

"하하하. 혹시나 나중에 잘되시면 잊으시면 안 됩니다."

최영기 같은 인재는 절대로 잊지 않는다.

'나중에 잘해줄게.'

당연하지만 우리 파티를 다시 보고 있는 것은 최영기뿐만이 아니다. 뭔가 얼떨떨한 느낌이기는 했지만 좋은 모습을 보여준 박덕구나 김예리에게도 관심이 쏠리고 있었다.

오죽하면 몬스터의 사체를 수습하는 일이 늦어지고 있는 상황.

연구에 쓸 만한 것이 나올까 싶어 사체를 뒤적거려 봤지만 아직까지 나온 것은 없었다.

이렇게 모두가 훈훈해진 분위기 속에서 유일하게 기분이 안 좋아 보이는 것은 정유라와 검은 백조뿐.

'어떻게 나오려나?'

가장 궁금한 것은 역시나 그녀의 노선.

이번에도 선택지는 두 가지다.

앞으로의 좋은 관계를 위해 납작 엎드리거나 아니면 이전의 태도를 고수하거나.

물론 첫 번째 선택지를 선택하기 위해서는 몇 가지 조건이 필요하다.

이전의 자신이 했던 말을 아무렇지도 않게 철회할 정도로 낯짝이 두꺼워야 했고 자신의 자존심을 아무렇지도 않게 내던질 수 있을 정도로 졸렬해야 했다.

쉬워 보이기는 하지만 쉽지 않은 것이 당연하다.

물론 나 같은 경우에야 아무렇지도 않게 집어 던질 수 있지만 보통 사람이라면 꽤나 갈등할 것이다. 아니, 그러지 못할 것이다.

특히 정유라처럼 위치가 있는 경우에는 더욱더 그렇다.

정말 위에 있는 이들은 자신들이 가치 있다고 생각하는 것을 위해 자존심을 버릴 줄 안다. 국민을 위해 고개를 숙이는 정치인이나 기업가들이 그렇다.

뒤에서는 개돼지라고 욕을 하는지 설치류라고 하는지 내 알 바 아니지만 적어도 눈앞에서는 사과하고 존중하는 모습을 보인다.

그렇지만 애매한 위치에 서 있는 자들은 그 쉬운 걸 실행에 옮기지 못한다. 자기 자존심이 가장 중요하고 고개를 숙이는 것을 수치라고 생각한다.

단순히 개인적인 의견일 뿐이지만 이런 차이야말로 나 같은 형태의 인간을 일류와 이류로 판단하는 척도다.

'넌 어느 쪽일까? 유라야.'

복잡해 보이는 표정.

'넌 일류일까, 이류일까.'

구겨져 있는 얼굴.

슬쩍 입을 여는 그녀를 보며 나는 그녀가 아직 이류에 머물러 있다는 사실을 깨달을 수 있었다.

'너는 정치하면 안 되겠다.'

애초에 견적조차 나오지 않는 싸움.

이 보이지 않는 싸움을 길게 보고 있었던 내가 괜스레 바보처럼 느껴질 정도였다.

"물론 놀랍기는 했지만 갑자기 튀어나오셔서 조금 놀랐네요."

"무슨 말씀이신지."

"만약에 포지션을 바꿀 생각이셨다면 이쪽에 말씀이라도 해주셔야 하는 게 맞지 않나요? 물론 결과적으로는 나쁘지 않았지만 당황할 저희 입장도 생각해 주셨으면 해요."

"정유라 씨, 지금……."

"제 말이 틀렸나요? 현성 씨 때문에 저희 쪽 진영이 흐트러졌잖아요. 다른 분들도 그렇게 생각하지 않으세요?"

"그야 조금 놀라기는 했습니다만 저희가 대처하지 못할 정도의 돌발 행동은 아니었습니다. 검사 한 명이 앞으로 나선다고 해서 무너질 진영도 아니었고요. 오히려 파란에서 적극적으로 움직여 준 덕분에 쉽게 승리할 수 있었던 겁니다. 그 정도도 모르진 않으실 텐데요."

"물론 공이 없었다고 말씀드리는 건 아니에요. 제 말은 단지 조금 당황스러웠다는 거라고요. 그리고 애초에 이렇게 움직일 수 있었으면 처음부터 그렇게 해야 하지 않았나요?"

훌륭히 지랄해 주는 모습은 너무나도 훈훈하게 느껴질 정도다.

"아직 저희 파티원이 던전에 적응하지 못하는 것 같아 조심히 움직였습니다. 특히 덕구 씨나 예리가 조금 힘들어 해서 말입니다. 이제는 어느 정도 적응을 마친 것 같아 움직여 봤는데…… 미리 말씀드리지 못한 것에 대해서는 정말 죄송하게 생각합니다."

"사과를 받으려고 말씀드린 게 아니에요, 현성 씨."

그 알량한 지위와 위치를 유지하기 위해 일장연설을 하고 있지만 시선이 좋을 리 없다. 내가 사전 조작을 하지 않았더라도 이쯤 되면 자기 스스로 목을 조르는 상황이리라.

물론 그녀의 말도 일리가 없는 것은 아니다.

김현성이 돌발 행동을 한 것도 사실이고 그것 때문에 정유라가 놀랐다는 것도 사실로 포장할 수 있을 테니까.

만약에 정유라가 혼신의 연기력을 활용해 본인이 피해를 받았다는 것을 어필해 본다면 비벼볼 수 없는 상황도 아니다.

그러나 불과 몇 시간 전까지만 해도 정유라는 모두의 질타를 받고 있던 국민 비호감이었다.

좋은 시선이 가는 게 이상한 일이다.

"말씀이 조금 심하신 것 같습니다, 유라 씨."

"지가 뭔데 자꾸만 저러는 건지 몰라."

"잘했다고 칭찬해 주지는 못할망정 기를 죽이는 게 말이나 되는 일인가? 아무리 파란을 질투한다 해도 저건 아니지."

"쯧. 아니, 방금 같은 상황을 보고 뭐라고 하는 게 말이나 됩니까? 정신 차려야 할 건 현성 씨가 아니라 유라 씨 같습니다."

"방금 뭐라고 하셨나요?"

"몇 번이라도 말씀드릴 수 있습니다. 정말로 참다 참다 한마디 던진 겁니다. 왜 이렇게 꼬투리를 못 잡아서 안달입니까?"

"저는 어디까지나 원정대를 위해서 말씀드린 거예요."

"원정대를 위하긴 무슨. 퍽이나 위하겠다."

"당신이 가만있는 게 원정대를 위한 일입니다."

특히나 말을 거칠게 쏟아내는 붉은 용병의 경우에는 나조차 그 행동이 조금 과하게 느껴질 정도였다.

갈등이 고조되는 상황을 보니 확실히 정유라의 정치 생명이 끝났다는 걸 실감할 수 있었다.

얼굴이 새빨개져 있는 모습.

검은 백조의 다른 이들이 어떻게든 사태를 수습하려고 하지만 수습될 리가 없는 상황.

심지어는 계속해서 중재를 해왔던 원정대장 최영기의 표정도 그다지 좋지 않았다.

사실 나도 대놓고 정유라를 비난하고 싶었지만 그런 포지션을 취할 수 없었다는 게 천추의 한이다.

그래도 뭔가 불을 지피는 것 정도는 가능할 것 같은 느낌이다.

어떻게 말을 꺼내는 것이 좋을까 고민해 봤지만 사실, 이야기를 꺼내는 게 쉽지는 않았다. 나는 어디까지나 피해자 입장에 서야 했으니까.

일단은 김현성의 허락을 얻어내는 게 필수.

슬쩍 김현성을 바라보자 이쪽을 바라보는 두 눈이 보였다. 직접적으로 물어보지는 않았지만 아마 내가 말하고 싶은 걸 눈치채고 있을 것이다. 대놓고 초롱초롱한 눈빛을 보냈으니 말이다.

'형이 한마디 해도 되지? 형 말 잘하니까, 현성아.'

눈빛을 보내니 천천히 고개를 끄덕였다.

허락이 떨어졌으니 곧장 입을 열었다.

"조심스럽게 한 말씀 드려도 되겠습니까?"

목소리가 나옴과 동시에 여러 사람의 시선이 쏟아져 내렸다.

"네. 물론입니다."

사람을 놀린다는 건 꽤나 재밌다.

그동안 여론이라는 벽에 숨어서 그녀를 지켜보는 일도 상당히 재미있었지만 확실히 대놓고 놀리면서 도발하는 쪽이 조금 더 취향에 맞다.

"사실 무척이나 죄송스럽습니다. 열심히 한다고는 했지만 조금은 폐를 끼친 것 같아서……."

"아, 아닙니다."

"특히나 검은 백조 분들에게는 정말로 죄송합니다. 정유라 씨께 특히나요."

묘한 표정을 보내니 금방 반응이 온다.

"사실 저희 현성 씨를 비롯한 많은 파티원과 이야기를 나눠봤습니다. 저희가 경험을 하기 위한 목적으로 이 던전 공략에 합류했다는 사실은 알고 계실 거라고 생각합니다. 파란 길드에서 희귀 등급의 던전을 갈 수 있는 파티가 저희밖에 없었던 이유도 없지 않아 있었지만 저희 파티의 스펙으로는 여러분께 폐를 끼치지 않을 수가 없었으니까요."

"그렇지 않습니다, 기영 씨."

"아뇨. 이 부분은 정말로 죄송스럽게 생각하고 있습니다. 때문에 공략 외적으로도 여러분에게 도움이 되기 위해 최선을 다했습니다만 그래도 조금 부족했었던 것 같습니다. 실제로 정유라 씨가 탐탁지 않게 생각하시는 것 같고요. 조금 더 열심히 해보자 파티원들끼리 마음을 다 잡았지만 방금 사냥이 끝난 뒤의 상황을 지켜보니 정확히 뭐가 문제인지 알 것 같습니다."

괜스레 불안해하는 정유라의 얼굴이 보였다.

내가 손가락으로 자신을 가리키기라도 할 줄 아는 모양이다. 물론 그런 선택지도 나쁘지 않기는 하지만 정답은 아니다.

한 번 숨을 내쉰 뒤 천천히 말을 잇자 조금 당황스러워하는 이들의 얼굴이 시야에 비쳤다.

"저희가 분란을 만드는 것 같습니다."

"네?"

"저희 파티가 아무래도 이 원정대에 분란을 일으키는 것 같습니다."

"아……."

"탐탁지 않으시리라 생각은 했었지만 사실 이 정도로 불편해하실 줄은 생각 못 했습니다. 이런 상황을 만들려고 온 게 아니었는데……. 여러분께 진심으로 사과드립니다."

"아, 아닙니다."

"이런 던전 공략에 있어서 원정대의 분위기가 얼마나 중요한지 잘 알고 있습니다. 실제로 던전에 들어오기 전에 선배님들의 수기에도 그런 내용이 적혀 있었고요. 무척 아쉽기는 하지만…… 더 이상 폐를 끼치며 실례되는 행동을 할 수는 없을 것 같습니다."

"아니, 그런 게……."

여기저기서 당황스러운 목소리들이 튀어 나왔다. 사실 마지막 발언도 하고 싶지만 아무래도 파티장이 해주는 것이 옳을 것 같다.

곰곰이 고민하던 김현성이 알겠다는 듯이 고개를 끄덕이며 입을 열었다.

"저희 파란은 이곳에서 돌아가는 게 맞는 것 같습니다."

'호흡 좋고.'

내 생각을 이해해 주고 있다는 게 꽤나 기특했다.

김현성이 말을 마친 뒤에 분위기가 급변한 것은 당연지사.

"아니, 파란에서 이러실 필요는 없습니다. 오히려 문제는 다른 쪽에……."

"그렇게 하지 않으셔도 됩니다. 누가 분란을 일으켰는데……."

내 방패막이 되었던 여론이 이제는 창이 되어 검은 백조를 찌르기 시작한 것이다.

최영기 역시 고민이 많은 것 같다.

그렇지만 붉은 용병에서 온 녀석이 할 수 있는 말은 이미 정해져 있다고 생각했다.

"도움이 되지 않은 것이 아닙니다. 오히려 저희가 상상하는 것보다 더욱 열심히 잘해주셨습니다. 실수가 있기는 했지만 당연히 이해할 수 있는 부분이고요. 분란을 일으키는 쪽은 오히려 다른 쪽입니다."

'운율 좋고, 가락 좋고.'

"정유라 씨."

"……."

"이런 말씀을 드려 정말 죄송합니다. 그동안 고생한 건 이해하고 있습니다만, 원활한 공략 진행을 위해 양해해 주셔야 할 일이 생긴 것 같습니다."

"지금 무슨……."

"던전에서 나온 부산물의 일부 소유권을 인정해 드리도록 배려해 드리겠습니다."

"정말로……."

"원정대에서 나가 주시길 요청 드립니다."

머릿속으로 그리고 있었던 장면이 완성되는 순간이었다.

그야말로 그림으로 그린 듯한 명장면이다.

정유라를 비롯한 다른 검은 백조의 파티원들은 이게 무슨 상황인가 싶어 어안이 벙벙했다.

저런 얼굴을 하는 것도 무리가 아니다. 그만큼 정유라에게는 이 상황이 갑작스럽게 일어난 일처럼 느껴질 테니까. 이런 결과에 이르기까지 내가 얼마나 치밀하게 뒷공작을 했는지 전혀 인지하지 못하는 것이다.

본래 여론이라는 게 이렇다. 조용하게 보이다가도 심지에 불을 붙이면 걷잡을 수 없이 팽창한다. 피해자와 가해자가 너무나도 명백한 이런 상황에서는 더욱더 그렇다.

"농담하시는 거죠?"

"……."

믿을 수 없다는 듯이 반문하는 꼬라지가 가관이다.

당연하지만 농담일리가 없다.

최영기의 진지한 표정을 확인했는지 입을 꽉 다무는 정유라가 보였다.

"이건 말도 안 돼요."

"아뇨. 이건 이 원정대를 이끌고 있는 입장에서 고심한 뒤 내린 판단입니다."

"허……."

"정유라 씨의 의도가 어떤지는 알 수 있습니다. 지금까지 기여해 주신 점 역시 알고 있고요. 이 원정대를 위해 헌신적으로 일하셨다는 것 역시 알고 있습니다. 그렇지만 아무래도 더 이상 함께하기는 힘들 것 같군요."

"그걸 알고 계신 분이 그런 말을 하셨단 말예요?"

"어쩔 수 없는 선택이었습니다. 이런 분위기로 원정을 진행하는 것은 무리라고 생각했습니다. 유라 씨가 파란을 어떻게 생각하는지 모르지만 유라 씨의 행동은 다분히 비상식적입니다."

"저는 어디까지나 원정대를 위해서 말씀드린 거예요. 당연히 파란에게는 그 어떤 감정도 품고 있지 않고요. 오히려 문제가 되는 건!"

내 이름을 외치고 싶었을 것이다.

슬쩍 눈웃음을 보내자 이빨을 까득까득 가는 정유라. 얼마나 화가 났는지 대충 봐도 알 수 있다.

'픕.'

속으로는 이 세상에 존재하는 모든 저주의 말을 쏟고 있을 것이다.

표정이 말해준다.

조금 더 속을 긁고 싶어진 것은 당연지사.

괜스레 최영기에게 한마디 건네는 것도 잊지 않았다.

"괜찮습니다, 영기 씨. 이러실 필요 없습니다."

"아뇨, 기영 씨. 이편이 옳습니다. 분란을 일으키는 파티원은 언젠가 큰 사고를 일으키게 마련입니다. 아니, 분명히 무슨 일이 일어날 겁니다."

"지금 제가 분란을 일으키고 있다고 말씀하시는 건가요?"

"네. 딱히 어째서인지는 말씀드리지 않겠습니다. 생각나는 게 있을 테니까요."

"그런 게……."

"유라 씨의 행동은 이미 이해할 수 있는 수준을 넘어섰습니다. 유라 씨도 이곳에서 오래 지내신 만큼 아마 제 결정을 이해해 주시리라 생각합니다. 설사 유라 씨가 느끼기에 자신이 합당하다고 생각하시더라도 다수가 유라 씨를 불편하게 생각합니다. 다른 파티원을 위해서라도 결단을 내려주셨으면 합니다."

"나 참. 어이가 없어서……. 이해?"

아직도 자신의 입장을 깨닫지 못하는 모양.

그저 억울하기만 하다는 표정이다.

이런 애랑 정치질을 했다는 사실이 황당하게만 느껴질 지경이다.

지금에서는 확실하게 말할 수 있다.

이 여자는 무능하다. 사냥 실력이나 스펙에는 관계없이 리더로서도 적합하지 않다. 묘하게 바뀌는 표정을 바라보면 더욱더 그렇다.

나와 최영기를 바라보는 눈빛이 조금 심상치 않게 변하고 있다. 아마 어떤 연결점을 찾으려 뇌내망상을 하기에 여념이 없을 것이다.

어째서 최영기와 내가 자신에게 이러는지, 자신만의 결론에 도달하는 것은 아마 어렵지 않으리라.

우리는 용병여왕이라는 접점을 가지고 있으니까.

“이제야 이해가 되네요, 최영기 씨.”

“무슨 말씀인지 이해하기 힘듭니다만.”

“공명정대하고 뭐, 신의를 지킬 줄 안다는 소리가 들려서 그나마 믿었는데. 처음부터 이럴 작정이었나 봐?”

‘뻔하지 뭐.’

“용병여왕님한테 무슨 언질이라도 받으셨어요? 자기 기둥서방 좀 잘 부탁한다고? 처음부터 우리 길드를 내칠 생각이었죠? 정말 어이가 없어가지고……. 앞에서는 깨끗한 척, 정의로운 척 지랄해대더니 결국에는 이거였어? 왜? 이기영 이한테 잘 보이면 용병여왕이 잘해준다고 했나보지?”

“정유라 씨, 말씀이 심합니다. 희라 누나는 이번 일과는 아무 관계없습니다.”

‘뇌내망상 제대로고요.’

“닥쳐, 이 새끼야.”

“흥분하지 마시고 천천히 이야기를 해주셨으면 합니다.”

이제는 막나가는 꼴이 가관이다.

이미 핸들이 고장 난 8톤 트럭의 심정으로 청와대를 향해 질주하는 것처럼 보인다.

물론 그 이면에는 살살 속을 긁는 내 말투와 표정이 결정적인 역할을 해주었겠지만 내 생각보다 조금 더 제대로 걸려들었다.

“좋겠네. 누구는 용병여왕한테 몇 번 대주고 아이템도 받고 꿀 같은 경험도 해볼 수 있고 말이야. 던전 공략이 장난 같지? 그럴 거면 파란에는 왜 들어갔나 몰라. 붉은 용병에 들어가면 되는 거 아니야?”

“유라 씨.”

말을 하면 할수록 자신의 이미지를 깎아 먹고 있는 꼴이다.

오랜만에 언급된 용병여왕 때문인지 정하얀의 심기도 불편해 보인다.

슬슬 입을 막을 타이밍이라고 생각하건만 이 여자의 갑작스러운 태세전환에 모두가 당황한 느낌이다. 아니, 정확히 말하면 당황한 것이라고는 볼 수 없다.

최영기는 마치 최대한 분노를 삭이고 있는 듯 보인다.

“언니, 그, 그만하세요.”

“언니, 그만하세요!”

“이거 놔, 미친년들아. 붉은 용병이 얼마나 대단한지는 모르겠지만 우리 길드에서 이 일을 알면 가만히 있을 것 같아?

누가 봐도 파란과 용병이 우리 길드를 억압하고 있잖아! 이건 부당하다고! 정식으로 항의를!"

콰!

계속해서 부당함을 토로하고 있던 정유라가 입을 닫았다.

눈앞에 있는 최영기 때문.

최영기가 주먹으로 옆에 있던 벽을 후려쳤다. 부들부들 떨리고 있는 그의 얼굴이, 그가 얼마나 분노했는지를 말해준다.

그러고 보니.

'용병여왕이 있기 때문에 지금의 자신이 있다고 했지.'

제대로 기억은 나지 않지만 아마 그럴 것이다.

우리 정의로운 영기 씨가 존경해 마지않는 희라 누나를 언급하며 미친 소리를 해댄 것이니 저런 반응을 보이는 것도 당연하다.

기둥서방이 어떻고 대준다느니 어쩐다느니 개소리를 해댔다.

아마 정유라는 흥분한 나머지 자신이 뭔 소리를 했는지도 기억하지 못할 것이다.

그렇지만 지금 이런 분위기에서도 상황 파악을 하지 못할 정도로 바보는 아닌 모양. 화를 참고 있는 최영기와 붉은 용병들을 보니 그녀뿐만이 아니라 나 역시 조신해졌다.

말 그대로 미친 벌꿀 오소리처럼 날뛰던 여자가 현모양처로 돌변하는 순간이다.

나도 모르게 부들부들 다리가 떨렸다.

스탯을 보고 대충 예상하기는 했지만 최영기가 저도 모르게 내보내는 살기에 숨이 턱 막혀올 지경이다.

이런 내 상황을 눈채챘는지 김현성이 손을 뻗자 순식간에 긴장감이 사라지기 시작했다.

"아, 감사합니다."

최영기의 반응은 자신이 속해 있는 집단을 욕했다고 해서 낼 리액션을 훨씬 넘어섰다. 마치 부모의 원수라도 대하는 것처럼 보였다.

내 생각보다 차희라의 인망이 두터운 모양. 검을 휘두르지 않은 것만으로도 칭찬해 주고 싶을 정도로 최영기는 흥분해 있었다.

'애 좀 탐나는데…….'

만약 박덕구가 없었다면 최영기를 이쪽에 불러오는 방향을 생각해 봤을 것이다. 이만큼 화를 내면서도 자신을 컨트롤할 수 있다는 것 자체가 똥오줌을 가린다는 증거니 말이다.

정유라는 자신에게 쏟아지는 살의에 당황해 입만 뻐끔거리고 있었다. 그녀의 능력치라면 이 기운에 저항할 수는 있겠지만 그것과는 별개로 실수했다는 것을 깨달은 것이다.

'아주 좋아요.'

마치 곧 터질 것만 같은 상황.

그 가운데 최영기가 조용하게 입을 열었다.

"하실 말은 전부 끝내셨습니까."

"그게……."

"지금 당장 나가주셨으면 합니다."

"지나치게 흥분했었네요. 방금 일은 죄송하지만……."

"저는 지금 당장 나가달라고 말씀드렸습니다. 더 이상 그 어떤 말도 듣기 싫습니다. 아까 말씀드린 대로 일정 지분은 따로 챙겨드리도록 하겠습니다."

"저는!"

쾅!

요란한 소리가 다시 한번 들려온다.

"나가 달라 했습니다."

'좋고요.'

창백하게 질린 표정이 시야에 들어왔다.

내가 할 수 있는 일은 슬쩍슬쩍 히죽거리는 정도지만 그럼에도 무척이나 통쾌하다. 등 뒤로 뭔가 짜릿한 느낌이 들 정도였으니 다른 말은 필요 없으리라.

"지금 당장 던전을 떠나 주셨으면 합니다, 정유라 씨. 저희 마도 길드에서도 더 이상 함께하기 어렵습니다."

각 파티장들이 형식적으로 건네는 말.

그나마 예의를 지키고 있지만 등 뒤에서 들려오는 목소리들은 조금 무섭게 느껴졌다. 온갖 욕설이 섞인 말들은 마치 중세의 마녀 사냥을 보는 느낌이다. 돌멩이만 던지지 않았을 뿐이지 저 여자는 완벽하게 화형대 위에 올라가 있다.

다른 점은 저 여자가 정말로 마녀의 포지션에 있다는 것.

지금에 와서야 자신은 마녀가 아니라고 외치고 싶겠지만 군중은 돌을 던지는 것을 멈추지 않는다.

얼마나 억울했는지 아랫입술을 깨문 자리에 피가 흐르기 시작했다. 충혈된 눈에서 눈물이 흘러내리는 중이다. 어떻게든 꾸역꾸역 눈물을 참아내려 하지만 참는다고 해서 될 일이 아니다.

'키야.'

강 건너 불구경은 언제 해도 묘한 카타르시스가 있다.

그게 내 손에서 이루어진 것이라면 더욱이.

결국 시간이 좀 더 흐르고 정유라는 아무 말도 하지 않고 조용히 이쪽을 지나쳤다. 나를 째려보는 눈빛으로 그녀가 내게 상상하기 힘들 정도로 크게 원한을 가진 것을 느낄 수 있다. 그 짧은 순간에 입꼬리를 올리자 심지어 내 어깨를 밀치기까지 했다. 얼마나 세게 쳤는지 살짝 뒤로 밀려날 정도였다.

'아이고…….'

물론 무섭지도 않고 위험하다고 생각하지도 않는다. 본래 한 번 물어버린 이상 끝장을 내야 안심하는 성격이니만큼 나 역시 뒷일을 생각해 두었다.

혹시나 이쪽에 원한을 품은 미친년이 단검을 등에 꽂을 수도 있으니 조금 더 확실히 하는 게 맞다.

말 한 마디 잘못 내뱉은 걸로 인생이 끝장나는 경우는 그동안 꽤나 많이 봐왔다. 현대 사회나 이곳이나 아마 다르지 않을 것이라는 것이다.

더 이상 이 일은 정치 싸움이라고 볼 수 없다. 일방적인 괴롭힘이고 어떻게 보면 값비싼 수업이라고 보는 것이 맞다.

'이번 챕터는.'

정치에서 가장 중요한 두 가지 중 나머지 남은 하나.

"그럼 출발하도록 합시다."

"네."

"불편을 드려 죄송합니다."

"아뇨. 저희야말로……."

바로 언론에 관한 이야기였다.

'끝난 줄 알았을 거다, 이년아.'

나는 그녀가 생각하는 것보다 조금 더 독한 사람이다.

[희귀 등급 던전, 공포의 정원 공략을 완료하셨습니다. 인원

[18/30]을 확인했습니다.]

익숙한 목소리가 귓가에 울려 퍼졌다.

무척이나 기분 좋은 목소리다.

모두의 얼굴에 조금이지만 성취감이 깃들어져 있다.

그 모습에 옆에 있던 최영기를 향해 슬쩍 입을 열었다. 대단한 이야기는 아니었다. 단순한 첫 공략에 대한 감상이었다.

"보통 희귀 등급의 던전은 대부분 이런 식입니까?"

"네. 조금 단조로운 편입니다. 대부분 몬스터와 보스 몬스터를 잡으면 공략이 완료되니까요. 영웅 등급의 던전이나 전설 등급의 던전은 여러 조건이 있다고 들었는데…… 부끄럽지만 사실 저도 아직 가본 적이 없습니다."

"아아아."

"실제로 전설 등급의 던전은 신성제국에서도 딱 한 번 발견됐다고 하더군요."

"아, 그렇군요. 그러면 영웅 등급 던전은 많이 있는 편입니까?"

"사실 영웅 등급의 던전도 그리 흔하지는 않습니다. 저희가 공략한 이 공포의 정원 역시 희귀 등급 중에서도 하급으로 보이는 것 같았는데, 다른 던전 같은 경우에는 구성이 조금 다를 수도 있을 겁니다."

"그렇군요."

"아무튼 간에 중간에 불편한 상황을 겪게 해드려 죄송합니다."

"아닙니다. 오히려 제 쪽에서."

슬쩍 고개를 숙여오는 최영기의 얼굴이 시야에 들어왔다. 얼굴을 보니 대충 하는 말이 아닌 모양. 뜻하지 않은 사고에 대해 진심으로 미안해하는 것 같았다.

괜스레 가슴 한쪽이 콕콕 찔려오기는 했지만 당연히 티를 낼 수는 없다. 그저 슬쩍 웃으며 부정할 뿐이다.

"사실 덕분에 좋은 경험도 하고 던전이라는 게 어떤 곳인지 조금은 이해할 수 있을 것 같습니다. 아이템도 좋은 물건으로 받았고……."

"아뇨. 받을 만큼은 해주셨다고 생각합니다. 저희 붉은 용병뿐만이 아니라 마도 길드 역시 같은 생각을 하시더군요. 오히려 더 챙겨드리지 못해 죄송할 지경입니다."

"하하하."

슬쩍 옆을 바라보니 김현성 역시 마도 길드의 인원들과 대화를 나누고 있는 것이 보였다.

아마 지금 나와 최영기가 나누는 대화와 비슷한 이야기일 것이다. 그동안 감사했다든가, 나중에 식사 한번 하자는 약속 같은 것들 말이다.

정유라가 나간 뒤에 파티의 분위기를 생각해 보면 아마 조만간 모두 모이는 자리가 한 번은 생길 것 같다. 본래도 나쁘지 않은 구성이었지만 모두가 눈엣가시라고 생각했던 정유라가 사라지면서 탄력을 받았기 때문이다.

이전보다 더 화목해진 것은 당연지사. 사냥하는 내내 웃음이 떠나지 않았다.

물론 정유라라는 국민 비호감이 사라지며 원정대가 국민대통합을 이룬 것이 가장 큰 이유였겠지만 사실상 문제는 따로 있었다.

전체적으로 내구 능력치가 낮은 검은 백조 때문에 붉은 용병의 부담이 가중되어 있었던 것.

신경 써야 할 것들이 사라지자 붉은 용병 길드의 전위들은 물 만난 고기처럼 적극적으로 나서기 시작했고, 각 길드 내에 있는 사제들 역시 본연의 임무에 더 집중할 수 있었다.

결론부터 말하자면 정유라가 원정 내내 크게 짖었던 이유가 드러난 셈이다. 자신들이 이 던전 공략에 적합하지 않다는 것을 깨닫고 있었던 것이다.

만약 정상적인 형태로 던전 공략이 완료되었어도 그녀가 얻을 수 있었던 것은 얼마 없었을 것이다. 단순히 손익으로 계산해 보자면 그녀가 중간에 빠진 것이 그녀에게는 득이 된 셈. 손 하나 까딱하지 않고 보상 아이템을 가져가게 되었으니 무척이나 행복할 것이다.

“그건 그렇고. 정말 괜찮겠습니까?”

“네?”

“검은 백조 길드에게 분배되는 아이템들 말입니다.”

“아아. 네. 신경 쓰지 않으셔도 됩니다. 현성 씨도 정산 비율을 그대로 하는 게 좋다고 말했으니까요.”

“그렇다고는 해도 크게 활약해 주신 파란에게 조금 더 몰아드리는 게 옳다고 생각하는데…….”

“덕구가 받은 방패만으로 충분합니다. 사실 지금도 너무 많이 가져가는 게 아닌가 하는 생각이 들어서 부담스럽습니다.”

살짝 고개를 돌리니 탱커 직군의 선배들에게 둘러싸인 박덕구가 시야에 들어왔다.

꽤나 행복한 표정을 짓고 있다. 희귀 등급 중에서도 상급으로 분류되는 방패를 얻은 게 무척 좋은 모양이다.

사실상 우리 파티가 이번 원정에서 얻은 것들 중에서 가장 가치 있는 무구였다.

[뿌리 방패-희귀 등급]

[정원의 주인 아라키가 식물의 뿌리로 만든 단단한 방패입니다. 본래는 정원을 지키는 경비에게 줄 방패였지만 정원의 모든 인간이 저주를 받으며 빛을 보지 못했습니다. 방어력이 올라가는 것은

물론 외부의 충격을 완화해 줍니다. 내구도를 자체적으로 수복할 수 있습니다.]

[체력 +3]

[내구 +2]

[마력 +1]

'좋아 보이네.'

가성비 좋은 초보자용 장비 같은 느낌이다. 특히나 내구도를 자체적으로 수리할 수 있다는 부분이 마음에 든다. 능력치도 상당한 수준이니 박덕구의 성장에 탄력이 붙을 것이다.

본래는 저 방패 역시 여러 과정을 거쳐야 할 아이템이었으나 모든 전위가 박덕구에게 양보한다는 의사를 내비쳤다. 아마 저들만의 신고식인 듯한데, 초행에 저만한 아이템을 얻었으니 박덕구에게는 천운인 셈이다.

던전에 들어서자마자 불쌍한 모습을 보인 게 설계는 아니었을까 하고 생각해 볼 정도였다.

그 외에도 여러 아이템이 있었다.

애초에 공포의 정원은 한 인간이 만든 실험실이었고 신의 저주를 받아 모두가 괴물로 변했다는 설정을 가지고 있었으니까.

마력의 정수나 연구할 만한 가치가 있는 것들도 많았고 내가 봐도 값이 꽤나 나가는 것들 투성이었다.

던전 공략이 돈벌이가 된다는 게 어떤 의미인지 깨달을 수 있는 순간이었다.

사실 붉은 용병과 마도 길드에서는 좋은 모습을 보여준 우리를 위해 양보하려 했지만, 정말 필요한 것을 빼고는 나누어 갖는 것이 맞다는 김현성의 발언에는 다들 고개를 끄덕였다.

김현성 입장에서는 꼭 필요한 아이템이 아닌 것처럼 보이기도 했고, 이후를 생각하면 친분을 다지는 것이 좋을 테니 당연한 선택이었지만 내 입장에서는 조금은 아쉽기도 했다.

이런 상황에서 문제가 되는 것은 던전 공략 중간에 쫓겨 나간 검은 백조 길드, 정유라에게 돌아가게 될 몫이었다.

이 주제는 꽤나 오랫동안 원정대의 화두였다.

그러나 검은 백조 길드의 체면을 생각해 이전의 비율로 분배하는 게 좋을 것 같다는 결론을 내렸다.

"솔직히 말씀드리자면 제 입장에서도 조금 과한 것 같습니다. 오히려 합당한 활약을 한 파란이 더 가져가야 한다고 생각합니다만……. 혹시라도 이후에 압력을 걱정하신다면 그러지 않으셔도 됩니다. 제가 어떻게든……."

"아뇨. 전혀 그렇지 않습니다. 하하하. 사실 정유라 씨가 분란을 일으켰다고 많이들 말씀해 주시지만 개인적으로는 저희 잘못이 전혀 없다고는 생각하지 않습니다. 처음에 덕구가 넘어진 것도 그렇고 그 후에도 잔 실수가 있었으니 말입니다."

"그건……."

"화를 내시는 게 당연한 거겠죠. 아마 던전 중간에 나가야 했던 상실감이 클 겁니다. 얼마 안 되는 보상으로라도 위로가 된다면 더 좋은 일이 아닙니까."

"하하하. 괜히 부끄러워지는군요. 아이템 몇 개에 손익을 계산하고 있는 제가 바보처럼 느껴집니다. 아마 이 자유 도시 린델 내에서 기영 씨처럼 따뜻한 사람은 없을 겁니다. 예전에 버림받은 자들의 성녀라고 불린 선희영 님이 왜 파란에 들어가셨는지 알 것 같습니다."

"괜히 얼굴이 붉어지는군요."

사실 그 누구보다 계산적이지만 굳이 이쪽을 띄어주는데 거부할 이유는 없다. 애초에 검은 백조에게 많은 부분의 지분을 넘기자고 말한 것도 그 손익계산에 비롯된 행동이니만큼 양심이 찔리기는 하다.

어차피 검은 백조 길드에게 들어갈 지분은 전부 이쪽에 떨어지게 되어 있다.

상상하는 것만으로도 웃음이 나오는 것은 당연지사.

물론 티를 내지는 않았다.

"그럼 이제 각자의 길드로 돌아가면 되는 겁니까?"

"예. 아직 정산이 끝나지 않은 자재는 일주일 내에 정산이 되서 지급될 겁니다. 물론, 공략이 완료된 던전의 소유권을 증명하는 문서도 받으실 수 있을 겁니다."

"아아아."

"물론 아무 의미 없는 문서입니다만…… 하하. 없는 것보다는 나으실 겁니다. 그럼 이만 저희도 들어가 보도록 하겠습니다. 오랜 원정이었던 만큼 조금 쉬고 싶군요."

"네. 살펴 들어가시죠. 추후에 연락드리겠습니다."

"제가 먼저 드리겠습니다. 한잔하시기로 한 일 잊으시면 안 됩니다."

"물론이죠. 하하. 기다리겠습니다."

나뿐만이 아니라 모두가 인사를 주고받는다. 어딜 봐도 훈훈하다. 아무래도 정유라가 없었기에 가능한 모습이 아닐까 하는 생각이 들었다.

진정한 대통합이 이런 게 아닐까, 생각하며 괜한 감동이 밀려올 정도였다.

계속해서 발걸음을 옮기던 파티원들이 결국에는 자유 도시 린델을 앞에 두고 찢어지는 것을 보니 서로 다른 집단이라는 걸 실감할 수 있었지만 이건 아주 사소한 이야기다.

이 원정대는 서로의 신뢰를 확인했고 이 인연은 아마 별다른 일이 일어나지 않는 한 끝까지 갈 수 있을 것이다.

나만큼이나 우리 파티 역시 모두 기분이 좋아 보인다.

우리에게 여러 경험을 줄 수 있었던 김현성, 새로운 방패를 얻은 박덕구와 묘하게 기뻐하고 있는 김예리도 눈에 들어온다.

물론 그동안 봉사를 하지 못했던 선희영이나 단둘이 있을 시간이 부족해 힘들어 하던 정하얀 역시 마찬가지.

꽤나 쓰잘 데기 없는 대화를 나누다 보니 어느새 파란의 길드 하우스에 도착할 수 있었다.

이제는 이곳이 집이라고 느껴질 정도다. 조금 당황스럽기는 했지만 즐겁기도 했다.

길드의 접수원에게 보고를 마치고, 던전에 관한 수기를 기록하는 것은 필히 해야 하는 일. 당연하지만 부길드마스터인 이상희도 만나야 했고, 비율이나 정산에 대한 정확한 이야기도 나눠야 했다.

파란 길드 소속인 만큼 우리가 얻은 것들을 파란 길드와 협의 하에 분배해야 했기 때문이다.

당연히 불만은 없다. 애초에 파란이 없었다면 물지도 못했을 일거리인 만큼 오히려 이런 자리를 소개해 준 것이 고맙다. 중소형 길드였다면 애초에 이런 기회조차 없이 맨땅에 헤딩하는 상황이었을 테니 말이다.

아무튼 간에 공략 후에도 할 일이 산더미 같이 쌓여 있는 상황. 그중에서도 제일 중요한 일은 따로 있었다.

"하얀아."

"네, 오빠."

"잠깐 이야기 좀 하자."

"네? 네!"

"현성 씨, 저희는 먼저 올라가도록 하겠습니다. 덕구야, 식사는 먼저 해라. 희영 씨도 잠시 후에 뵙겠습니다."

고개를 끄덕이는 이들.

박덕구가 뭔가 음흉한 표정을 보내기는 했지만 가볍게 무시하고 곧바로 정하얀을 방으로 데리고 갔다.

홍시같이 붉어진 얼굴을 보니 내가 뭔가 오해할 만한 행동을 했다는 걸 느꼈지만 던전 안에서 참아야 했던 인간의 기본적인 욕구를 해결하려고 이러는 건 아니다.

방에 들어서자 주변을 이리저리 둘러보는 정하얀.

"오, 오빠"

"하얀아."

"네? 네?"

"가벼운 부탁 좀 해도 될까?"

"물론, 물론이에요. 물론! 어떤 거든 다 하셔도 돼요. 전부……전부요!"

'얘 왜 이래…….'

"전부 괜찮아요. 원하시는 거라면 뭐든! 전부 준비되어 있어요. 마, 말 그대로 전부요!"

왠지 말을 꺼내기가 어려워졌다. 뭔가를 격하게 기대하는 표정을 보니 괜스레 미안해진다. 그렇지만 일단은 입을 열 수밖에 없었다. 지금 시점에서 가장 중요한 일이었으니까.

"린델 내에 있는 언론사에 대해서 좀 알아봐 줄 수 있겠어?"

"아……."

역시나 실망했다는 얼굴.

하지만 살짝 얼굴을 가져다대니 몸이 경직되듯 굳는다.

슬쩍 정하얀의 볼에 살짝 입을 맞추는 것으로 감사를 대신하자, 부들부들 떨고 있는 그녀가 시야에 비쳤다.

"네……."

홀린 듯이 고개를 끄덕이는 모습이 눈에 들어온다.

'그렇지.'

성과를 내면 상을 받을 수 있다.

우리 사이에 암묵적으로 약속되어 있는 사실을 기억한 것이다.

14장
언론

자유 도시 린델 내에 있는 언론사들은 언론이라고 부를 수도 없었다.

그것이 정하얀과 내가 내린 결론이었다.

물론 펜을 든 자는 많다. 언론의 자유는 민주주의 국가에서 사는 사람이라면 누구나 바랄 일이니까.

그럼에도 이미 사회체계가 잡혀 있는 린델에서 언론사가 자신들 마음대로 기사를 쓸 수 없는 이유는 아마도 한 가지 이유 때문일 것이다.

'무서우니까.'

이 대륙은 기본적으로 무력이 지배하는 세계다.

사람 몇 죽는 일은 흔하고 대형 길드에 반하는 이들이 어떤 식으로든 그 대가를 치르게 되리란 사실을 다들 알고 있는 것이다.

아마 기사 하나를 쓰는 것도 굉장히 조심스러울 것이다.

흔히 말하는 권력자들의 심기를 거스르면 안 되는 것은 물론, 심지어 살인 사건을 작성하는 기사를 쓸 때도 많은 고민을 해야 한다. 기사를 읽은 미친 살인마가 언론 클랜을 습격할지는 그 누구도 모르는 일이니 말이다.

사실 린델 내에서 팔리는 신문을 처음 봤을 때부터 이런 상황을 눈치채고 있었다. 기사라고 할 수 있는 것은 없다고 해도 과언이 아니었다.

기껏해야 여러 일에 관련한 공지가 대부분이었고 심지어는 대형 길드의 수장이 아침밥으로 무엇을 먹었는지에 대한 기사가 나가기도 했다.

당연히 어느 정도 자괴감을 느끼고 있을 것이다.

그게 언론인이라는 거니까.

직업의식을 가지고 일을 하는 이가 얼마나 되냐고 물으면 대답할 수 없겠지만 내가 원하는 것은 참된 언론인이 아니다.

오히려 정반대의 사람이다.

돈이 급하고.

이기적이고.

주사위를 던질 수 있는 자.

흔히 기레기라고 말하는 종류의 언론인이고, 시대의 흐름에 따라올 수 있는 자들이 필요했다.

사실 지금 이들을 둘러싸고 있는 배경 자체는 나쁘지 않다. 아주 예전에 들었던 린델의 모습과는 다르게 지금은 어느 정도 체계가 잡혀가고 있다.

예전에는 먹고 살 수 있는 길이 사냥밖에 없었다지만 지금은 다르다.

여유가 있는 사람은 문화생활을 즐기고 있었고 실제로 식당이나 극장 같은 것들에 투자하는 길드도 많아지는 추세다. 중, 대형 길드 입장에서도 어느 정도 대중의 눈치를 봐야 하는 상황이 찾아온 것이다.

어떻게 보면 운이 좋다고 말할 수 있었다. 만약에 이곳이 초창기였을 때 내가 떨어졌었다면 이런 방향은 생각도 못 했을 테니까.

사람들은 기본적으로 다른 사람의 이야기에 관심을 가질 수밖에 없다. 간단하게 말하자면 심심함을 달래줄 콘텐츠가 필요하다는 것.

이곳에 모인 이들을 헤아려 보니 내 생각에 공감하는 이들이 많다는 걸 확인할 수 있었다.

저들에게는 이게 밥줄이니까.

당연한 일이다.

"오빠, 대부분 와주신 것 같아요."

"그래?"

"네. 몇 분 빼고는……. 어떻게 할까요?"

"내버려 둬. 어차피 이번 일이 잘되면 따라오게 돼 있으니까. 그보다 정말로 고마워, 하얀아."

"아, 아니요."

"이번 일이 끝나면 꼭 보답해 줄게."

"네!"

단기간 내에 이 정도로 해낼 수 있었던 것도 어디까지나 정하얀의 도움이 있었기 때문. 입술에 살짝 입을 맞춰준 뒤에 방 안으로 들어가니 모여 있는 이들이 눈에 들어왔다.

분명히 내가 들어가기 전까지만 해도 대화 소리가 들렸는데 금세 조용해진 것을 보니 조금 우스웠다. 저들이 내 눈치를 보고 있기 때문이다.

그렇지만 티를 낼 수 있을 리가 만무하다.

일단은 살짝 웃으며 첫 인사를 건넸다.

"모두 반갑습니다."

"아…… 반갑습니다."

"린델 일보의 김성경이라고 합니다."

"김성경 기자님. 정말 반갑습니다. 파란 길드의 이기영이라고 합니다."

자신들을 불러 모은 이유보다는 얼마를 줄 것인지가 더 궁금한 모양.

린델 내에서 이들이 돈을 벌어 살아갈 방법은 이뿐일 테니 무리는 아니리라.

이런저런 인사를 나누었다.

제법 번듯한 식사가 나오자 몇몇 사람의 얼굴이 밝아졌다. 곧바로 본론으로 들어가는 것도 좋지만 이런 시간도 확실히 필요하다.

"당연하지만 여러분을 모신 이유는 작은 기사를 써주셨으면 해서입니다."

"대충 예상했지만 역시 그렇군요. 하하하. 당연히 써드려야지요. 안 그래도 최근 최고 주가를 달리고 있는 파란의 파티 아니십니까. 오히려 홍보를 해드릴 수 있어서 영광입니다."

'홍보는 개뿔.'

사실 기사를 낸다고 하더라도 홍보 효과는 미비하다. 어차피 저들이 내는 기사는 영향력이라고는 쥐뿔도 없었다.

"겨우 네 명이서 튜토리얼 던전을 최단 시간으로 돌파하고 공포의 정원까지 성공적으로 공략하셨다고 들었습니다. 좋은 기사거리가 될 겁니다."

물론 좋은 소스도 아니다.

어떤 파티가 어떤 던전을 공략했다는 건 굳이 기사로 읽지 않아도 알 수 있는 사실이니까. 그런 말들이야 이들보다 길드 자체적으로 홍보를 하는 게 효과적일 거다.

“하하하하. 어떤 식으로 써드리면 되는지 방향을 결정해 주시면 최대한 맞춰서 써드리겠습니다.”

저런 말을 하는 놈들이 지금 린델의 언론을 이끌고 있는 놈들의 현 주소.

물론 마음에 들지 않는 것은 아니다. 저런 말이야말로 내가 가장 듣고 싶었던 대사였으니까.

“사실 써주셨으면 하는 기사는 여러분이 생각하시는 내용과 조금 다릅니다.”

“네?”

“검은 백조에 정유라라는 여자에 대한 기사를 써주셨으면 합니다. 정확한 내용은…….”

천천히. 아주 천천히 기사의 내용을 설명하기 시작했다.

별다른 내용을 첨가하거나 살을 붙이지는 않았다. 그저 던전 내에 있었던 사건에 대해서 담담히 이야기하는 것이 전부.

그렇지만 눈앞에 있는 이들의 표정은 점점 구겨지고 있었다.

저게 보통의 반응이다. 대놓고 말은 못 하지만 무슨 생각을 하는지 눈에 보인다.

‘저는 자살 희망자가 아닙니다.’

또는.

‘아직 더 살고 싶습니다.’

정도라고 하는 것이 맞으리라.

“그냥 있는 내용을 그대로 써주셔도 상관없습니다. 물론 살을 붙이는 것도 여러분의 자유입니다. 개인적으로는 조금 더 자극적으로 써주시면 감사할 것 같습니다. 아무래도 대중은 자극적인 내용을 좋아하니 말입니다. 물론 섭섭하지 않게 챙겨 드리겠습니다.”

“…….”

“…….”

이미 예상했던 반응이다.

장내가 조용해졌다.

“그, 아무래도 힘들 것 같습니다…….”

“네?”

“그런 기사를 써드리기는 어려울 것 같습니다. 어떤 의도로 기사를 작성해 달라고 하시는지 대충은 이해가 갑니다만, 아무래도 내용이 조금…….”

“검은 백조를 대상으로 기사를 부탁드리는 게 아닙니다. 검은 백조보다는 정유라 개인에게 초점을 맞춰주시는 걸…….”

“아무리 그렇다고는 해도…….”

서로 눈빛을 교환하는 꼴이 가관이었다. 대답을 회피하거나 이 자리에 있는 걸 불편하게 생각하는 사람이 늘어나고 있다.

아마 내가 파란의 이기영이 아니었다면 몇몇은 개소리하지 말라며 성화를 부린 뒤에 자리를 박차고 나갔을 것이다.

"여러분이 무엇을 걱정하는지 압니다."

"네?"

"아마도 안전이겠지요. 혹시 모를 보복이 두려울 거라는 건 당연히 알고 있습니다. 그렇지만 걱정하지 않으셔도 됩니다. 저도 괜히 이런 말씀을 드리는 게 아닙니다. 이건 제 뜻이라고 하기보다는……."

"아."

"차희라 님의 뜻이지요."

물론 거짓말.

"그럼에도 두려울 거라는 데에는 공감합니다. 검은 백조뿐만이 아니라 정유라 개인의 보복도 걱정되실 겁니다. 용병여왕님이 지켜주신다고 한들, 쉽게 결정할 수 없는 일이라는 건 압니다."

"……."

"만약 기사를 작성하게 된다면 실명으로 작성하게 될 겁니다."

"아……."

"아마 몇몇 분은 기사가 나갔을 때의 파장을 예상하고 계실 겁니다. 방법이야 어떻게 됐든 대형 길드를 비판하는 기사를 썼다는 것은 파장이 꽤나 클 겁니다. 사람들은 어째서 이런 사건이 터졌는지에 대해 궁금해하겠죠. 신문 판매율은 이전과는 비교도 할 수 없을 정도로 올라갈 거고 그만큼 여러분은 많은 금화를 만질 수 있습니다."

"돈이 문제가……."

"기사를 읽는 사람이 많아지면 많아질수록 여러분은 안전해질 겁니다. 여러분의 이름이 들어간 기사나 칼럼이 팔리면 팔릴수록 여러분은 영향력을 얻게 될 겁니다."

조금씩 이해하고 있는 이들이 생겨난다.

그야 당연하다.

지구에서도 언론에 종사하고 있었던 이들이 있을 테니까.

"힘을 가지고 있는 이들이라고 해서 대중의 눈치를 보지 않는 것은 아닙니다. 대형 길드 역시 세간의 시선은 중요하게 생각합니다. 지킬 것이 많은 만큼 함부로 행동할 수 없습니다. 다들 알고 계실 겁니다. 이미 린델 내에서는 어느 정도 사회체계가 잡혀 있습니다. 단순히 사냥이나 던전만으로 운영되는 시대는 이미 지났습니다."

이해할 수 있다는 표정.

그렇지만 아직 내킨다는 얼굴은 아니었다.

"아무리 그렇다고 하지만 조금 불안합니다. 아니, 솔직히 이 장소에 있다는 것도 굉장히 불편합니다."

"붉은 용병이 여러분을 지지하고 있습니다. 무서울 게 없는 게 당연하지 않습니까. 차희라 님께서도 심사숙고해서 결정해 주신 사안입니다."

"그렇지만 기사를 실명으로……."

"그 부분이 중요한 겁니다. 혹시나 여러분이 잘못된다면 검은 백조 길드는 비난을 피하기 힘들 겁니다. 그렇지요. 당연히 그렇습니다."

조금 불안해하고 있는 기자들의 얼굴이 시야에 비쳤다.

당연한 일이다. 별것 아닌 바람에도 벌벌 떨어야 하는 게 저들이니까.

무엇을 걱정하고 있는지는 뻔하다. 아무리 붉은 용병이 뒤를 봐준다 한들 대형 길드에 반하는 기사를 썼다는 건 그 보복을 피하기 어려울 거라 생각하는 것이다.

살짝 숨을 내쉰 뒤 말을 이었다.

"어째서 린델 내의 언론사들이 그동안 제대로 활동할 수 없었을까요?"

"그야 보복이……."

"네. 물론 보복이 두려우셨을 겁니다. 그렇기 때문에 여러분이 지금까지 수준 이하의 기사를 쓰셨던 거겠죠. 물론, 지금까지 여러분이 활동해 온 것을 비난하거나 모욕하는 것이 아닙니다. 어쩔 수 없는 상황이었습니다. 이 대륙은 철저히 힘의 논리로 돌아가고 함부로 기사를 내는 게 쉽지 않을 거라는 것도 이해하고 있으니까요."

"네."

"그렇지만 그건 정답이 아닙니다."

"네?"

"힘의 논리로 때문에 언론이 제 기능을 못 하는 게 아닙니다. 그건 이유가 되지 못해요."

"……."

"여러분이 노선을 정하지 않았다는 게 가장 큰 이유입니다. 아마 지구에서도 기자 활동을 하신 분들은 제가 무슨 말을 하고 있는지 이해하실 수 있을 겁니다. 언론이 가야 할 방향을 제대로 잡지 못했다는 게 문제였습니다. 어느 쪽에 설 것인가. 어느 편에 설 것인가가 중요합니다. 굳이 정치로 예를 들자면 여당에 설 것인가 야당에 설 것인가 만큼 중요한 문제입니다. 그게 이런 배경에서 언론이 활동하는 데 커다란 힘을 실어주게 되지요."

"파란과 붉은 용병 노선을 타라고 말씀하시는 겁니까?"

"네. 물론입니다. 저희가 필요로 하는 기사를 써주시면 됩니다. 언론은 어차피 완벽히 자유로워질 수 없습니다. 반만 자유로워지시면 됩니다. 딱 반 말입니다. 파란과 붉은 용병의 적을 비판하고 저희를 옹호해 주시면 됩니다. 대중을 움직여 주시면 되는 겁니다. 다른 쪽으로 가신다고 해도 불이익은 없을 겁니다. 검은 백조를 선택하시거나 아니면 타 세력으로 갈 수 있는 노선이 마련되어 있다면 그쪽으로 가셔도 됩니다. 물론, 간혹 목숨의 위협을 받으실 수도 있으실 겁니다. 외부의 압력은 일상이 될 겁니다. 그렇지만 그건 린델을 살아가는 이들에게는 너무나도 당연한 일입니다. 던전에 들어가는 이들도, 전선에 서는 이들도 모두 목숨을 걸고 있습니다."

"아……."

"그리고 위협을 받으신 만큼, 더욱 큰 것을 얻어 가실 수 있으실 겁니다."

"그게……."

"금화."

"……."

"그리고."

"……."

"권력입니다."

물론 저들이 권력을 가지게 되는 것은 아니다.

다만 그렇게 생각하도록 만들어 줄 수는 있다.

멍하니 고개를 끄덕이는 이들 사이로 나는 다시 한번 고개를 숙이며 입을 열었다.

"함께해 주셔서 진심으로 감사드립니다."

쓰레기 같은 놈에게 농락되고 있다는 생각에 너무 흥분했었다.

상황을 다시 한번 되짚어 보면 그 말이 맞다.

그 당시 나는 틀림없이 과하게 흥분하고 있었다. 상황을 제대로 파악하지 못했고 원정대의 분위기가 어떻게 돌아가는 지에 대해서도 신경 쓰지 못했다.

놈이 여론을 조성하는 동안 나는 아무것도 하지 않았다. 자존심을 지키는 것이 고작이었다.

제정신을 차릴 수 없었던 것은 너무나도 당연했다. 성질을 살살 긁는 놈의 말투는 속을 뒤집어 놓았고 가끔 혀로 입술을 훔치는 표정은 심장을 후벼 파는 것 같았다.

손에 쥐고 있던 단검을 목덜미에 박아 넣지 않은 것이 다행이라고 생각할 정도였으니까.

상상하는 것만으로도 주먹에 힘이 들어갔다. 단언컨대 지금까지 이 대륙에 그만큼 역겨운 인간도 없을 것이다.

'가증스러운 새끼.'

느껴지는 마력의 양이나 직업을 살펴보면 이기영은 틀림없이 약자. 빈민촌에서 구걸이나 할 인간이고, 하루 벌고 하루 먹고 살아갈 인간이었다. 파티도 구하지 못하고 이곳저곳을 기웃거려야 하는 놈이다.

감히 말도 붙이지 못할 쓰레기 같은 놈이 배경을 믿고 날뛰는 모습에 어처구니가 없었다.

낯짝이 두꺼워도 이렇게 두꺼울 수가 없다.

아마 나뿐만이 아니라 함께 원정을 떠났던 파티원들도 놈의 얼굴을 기억하고 있을 것이다.

입으로는 계속해서 사과했지만 표정은 전혀 달랐다.

멸시하고 무시하고 화를 부추기는 것만 같았다.

다시금 그 표정을 떠올리자 나도 모르게 다시 한번 열이 올라오기 시작했다.

"제기랄."

가만히 누워 열을 식히고 있을 때 밖에서 목소리가 들렸다.

"유라 언니?"

"상황은 좀 어때?"

"또, 똑같아요. 아직까지 별 다른 소식이 없어서……."

"하아."

"정식으로 항의하는 건 아직 시기상조라고……."

"시간이 얼마나 지났는데 아직도 정황을 파악한다는 게 말이 돼?"

"그, 그렇지만……."

"언제부터 우리 길드가 남의 눈치를 보게 된 건데? 분명 붉은 용병과 파란 사이에 뭔가 커넥션이 있었어. 전부 다 뒤집어 놔도 모자랄 판에, 뭐? 길드가 하는 일이 도대체 뭐야? 대형 길드는 무슨……. 어차피 붉은 용병 딱갈이 노릇이나 할 텐데."

"아직은 조용히 있으라고 하셨어요. 정확한 정황을 파악한 다음에 움직이는 게 옳다고 하시면서……. 그, 아무래도 차희라의 눈치를 보지 않을 수가 없고요."

"차희라가 뭐라고."

"길드의 중역들이 붉은 용병과 만나서 회의를 하고 있는 것 같더라고요."

"더 이상 정황을 파악할 필요가 뭐가 있다는 건데? 우리가 보고서에 작성한 그대로 아니야?"

"무, 물론 그렇지만……."

"그리고 애초에 사건의 원흉인 놈과 함께 정황을 찾는 게 무슨 의미가 있는지도 알 수 없다고. 누가 봐도 검은 백조가 붉은 용병의 눈치를 보고 있는 것처럼 보이는데 린델 내에서의 이미지가 병신이 되고 있다는 걸 인지하고 있긴 한 거야? 다른 대형 길드가 우리를 뭐라고 생각할 것 같아? 정확히 말하면 차희라 그 창녀한테 숙이고 들어가고 있는 것도 아니잖아? 호랑이를 등에 업은 여우 하나한테 이리저리 휘둘리는 거라고! 시발. 이기영 그 개새끼 말이야."

"어쩌겠어요. 그 남자는 차희라의 정부라고 소문이 이미 자자한데……. 자세히는 모르겠는데 지구에 있었을 때부터 알고 지냈던 사이라고 들었어요. 듣기로는 그만큼 애틋한 사이라고. 그 차희라가 먼저 목을 맬 정도면 다했죠. 아무래도 붉은 용병과 저희 길드가 공생관계이기도 하고…… 이, 이것저것 어쩔 수 없는 분위기인 것 같아요. 저도 언니 마음이 이해가 되지 않는 건 아니지만……."

"뭐?"

"일단은 상황을 조금 더 지켜보는 게 좋을 것 같아요. 분명히 갚아줄 기회가 올 거예요."

"그렇지. 그래야지."

"네."

"단순히 받은 걸 돌려주는 것으로 끝내지 않을 거야. 울고불고 살려달라며 빌 때까지 고통스럽게 죽여 버릴 거야. 천년만년 차희라가 지켜줄 거라고 생각하나 본데, 그 믿음이 언제까지 갈지 보자고……."

"맞아요."

"원정 중에는 사고가 많이 일어나니까. 그렇지?"

"네. 그, 그렇지만 지금은……."

"나도 알고 있어. 다만…… 참기 어려울 뿐이야."

"어, 언니 생각대로 하실 수 있으실 거예요. 그래도 이번에 도착한 아이템을 보니까. 저희를 아예 무시한 건 아닌 것 같더라고요. 던전 안에서 있었던 트러블을 원만하게 해결하고 싶다는 표현이라도 봐도 될 것 같아요."

"그래?"

"네. 희귀 등급의 무구들도 많이 보이고 자재도 생각보다 많이 넣어줬어요. 분배된 아이템 목록을 보니 파란보다 조금 더 많이 받은 것 같기도 하고."

"그래, 그래야지. 푸핫! 아무리 붉은 용병이라고 해도 이쪽의 눈치를 아예 안 볼 수는 없겠지."

"최소한의 성의는 보인 것 같은 느낌이더라고요. 이러지 말고 오랜만에 밖으로 나가서 식사라도 할까요? 기분 전환이 조금 필요하실 것 같은데."

"그래."

"괜찮은 식당이 하나 생겼다는 소리를 들어서요. 그럼 가요, 언니."

못이기는 척 발걸음을 옮긴다.

사실 기분 전환이 필요하다고 생각했던 시점이었다. 방 안에 처박혀 있어봤자 생각나는 것은 놈의 능글능글한 얼굴밖에 없었고 당장 화를 내봤자 어떻게 손을 쓸 수 없다는 것 정도야 인지하고 있었으니 말이다.

기회는 분명히 찾아온다.

아무리 파란이 붉은 용병과 전략적 제휴 관계를 맺고 있다 해도, 대형 길드인 검은 백조를 내칠 정도로 멍청하지는 않을 것이다.

말하자면 이쪽에 무게를 두는 게 올바른 판단이다.

괜스레 기분이 좋아지기 시작했다.

만약 눈앞에 있는 박은혜의 말이 맞다면 붉은 용병에서 최소한의 성의는 보여준 셈이 되니 내 생각이 마냥 틀리지는 않을 것이다.

천천히 발걸음을 옮기자 길드 하우스를 빠져나가는 것은 순식간. 평소와는 다르게 뭔가 주변이 요란스럽지만 여느 때와 같은 자유 도시 린델의 풍경이다.

광장 쪽에 사람들이 몰려 있는 것을 발견한 것은 바로 그때였다.

"어휴. 진짜 이런 쓰레기 같은 놈들이 있나."

"뭐 안 봐도 뻔하지 않겠어? 눈 감고 봐도 어떤 상황인지 그려지는데."

"쯧."

여기저기서 들려오는 목소리들이 뭔가 호의적이지 않다.

가끔씩 전해져 오는 시선 역시 마찬가지다.

공통점이 있다면 모두 신문을 손에 쥐고 있다는 것.

익숙하지는 않은 풍경이다.

린델 내에서 언론사가 가지고 있는 힘은 그리 크지 않았으니까.

기껏해야 새로운 몬스터나 신성제국의 소식을 전하는 것이 전부였고 실제로 린델 내의 모험가들은 다른 매체들을 접하지 않았다.

모든 사람이 삼삼오오 모여 신문을 읽는 풍경은 확실히 뭔가 이상하다. 의문이 든 것은 당연지사. 왠지 모르게 불길하기는 했지만 상점에서 팔고 있는 일간지에 손을 댈 수밖에 없었다.

"어, 언니……."

"이게……."

파란을 일으키다.

파란에서 거액을 들여 영입한 김현성 파티의 첫 번째 던전행이 성공리에 마무리됐다.

고작 4명의 인원으로 튜토리얼 던전을 가장 빠르게 돌파한 파티를 모두 기억하고 있을 것이다. 김현성 파티라고 불리는 파란의 7번대 파티는 다른 대형 길드와의 친분을 과시하듯, 마도 길드와 붉은 용병

그리고 검은 백조 길드와 함께 몇 주 전 린델을 떠났다.

지나친 키워주기가 아니냐는 우려의 목소리와 비판이 있던 가운데, 마도 길드의 던전 공략일지가 공개되면서 큰 파장이 일고 있다.

던전 내에 있었던 검은 백조 길드 소속으로 알려진 정모 씨의 지나친 갑질이 세간에 함께 공개된 것.

함께 출발했던 원정대가 따로따로 린델에 도착했을 때부터 문제가 있던 것이 아니냐는 뒷이야기가 있었지만 그 소문이 진실로 밝혀지며, 커다란 충격을 안겨주고 있다.

출발하기 전부터 파티 내에 갈등을 일으키던 정모 씨(29)가 파란의 이모 씨를 위협했다는 것이 그 소문의 진상.

실제로 검은 백조 길드의 정모 씨가 지나치게 파란을 압박했다는 증언이 여기저기서 제보되면서 모든 이의 눈살을 찌푸리게 했다.

정확히 어떤 위협을 받았는지에 대해서 사건의 당사자인 이모 씨는 가해자를 의식하는 듯 말을 아끼고 있지만 혹시나 육체적인 압력이 있는지에 대한 소문이 확산되고 있다.

전문가들은 아마 던전 내에 있을 아이템 분배에 대한 기여도 문제가 원인이지 않을까, 추측하고 있으나 아직 그 어떤 것도 정확하게 밝혀지지는 않았다.

파란과 검은 백조, 두 길드가 이에 대해 말을 아끼는 가운데 이 사건이 어떤 방향으로 흘러갈지에 대해 귀추가 주목된다.

길드 간의 협력을 통해 던전을 공략하는 일은 이제 무척이나 익숙한 이야기다. 아이템 분배나 기여도에 관한 문제 역시 마찬가지. 대부분의 사건 사고가 이런 욕심 때문에 비롯되고 있다는 사실을 모두가 알고 있을 것이다.

대형 길드가 중형 길드나 소형 클랜을 압박하고 있다는 것은 우리 일상 속에 자연스럽게 녹아들어 있지만 자유 도시 린델이 오랫동안 자리를 잡고 있는 이 시점에서.

본 필자는 대형 길드들이 먼저 건전한 던전 공략 문화를 선도해야 하지 않을까 생각한다.

-린델 일보 김성경 기자

'이게 뭐야.'

이것뿐만이 아니다.

정모 씨(29), 용병여왕이 너를 지켜줄 수 있을 것 같냐고 발언해 파문.

희귀 등급 던전에 함께 들어간 정모 씨의 발언이 속속들이 공개되며 최근 린델 내에 큰 파장을 일으키고 있다.

정모 씨가 용병여왕의 연인으로 알려진 파란의 연금술사 이모 씨에게 한 발언들이 문제가 된 것. 이모 씨가 포함된 파티가 던전 공략에서 좋은 모습을 보이자 기여도를 의식한 정모 씨가 이모 씨를 따로 불러 위협했다는 사실이 알려지기 무섭게 그녀가 했던 발언들이 제보

되고 있다.

그 결과 용병여왕의 기둥서방이라고 이모 씨를 모욕한 것은 물론, 용병여왕이 너를 지켜줄 수 있냐고 발언한 것으로 밝혀졌다.

대형 길드가 중소형 길드를 알게 모르게 압박하고 있다는 것이 수면 위로 드러난 것이다.

특히나 이런 정모 씨의 발언들은 이모 씨를 겨냥한 것뿐만이 아니라 붉은 용병의 용병여왕을 의식한 소리가 아니냐는 목소리가 커지며, 붉은 용병과 검은 백조의 향후 관계에 귀추가 주목되고 있다.

–중동일보

여러 가지 자극 적인 제목들이 계속해서 눈에 들어왔다.

검은 백조와 붉은 용병의 관계에 대해 –부제: 파란의 현재 위치는?

대형 길드의 던전 내 패악질! 이대로 괜찮은가? –던전 칼럼니스트 김성경

수면 아래에 묻혀 있던 대형 길드 갑질 논란, 정유라 사태를 어떻게 바라봐야 하는가? –린델 정치부 기자 강유미

정모 씨(29)의 과거 논란 재점화

용병여왕에게 대준다는 발언으로 파문, 노린 것은 파란인가 붉은 용병인가. 검은 백조의 이해할 수 없는 행보.

하루아침에 세상이 뒤바뀐 것 같은 느낌에 당황할 수밖에 없었다.

손이 덜덜 떨린다. 지금 이게 무슨 상황인지 제대로 파악할 수 없었다. 머릿속에 떠오른 것은 그 능글능글한 얼굴.

여기저기에서 목소리가 들린다.

"아아아. 예전에 한 번 같이 들어가 본 적 있었는데…… 아마 전부 다 사실일걸? 그나마 파란이니까 이렇게 기사로 나오는 거지. 아마 우리 같은 놈들이었으면 어디서 시체로 발견됐을 거야."

"망할 년. 이런 놈들 때문에 린델에 발전이 없는 거라고."

"조용히 해. 혹시라도……."

"아니, 내 말이 틀렸어?"

"아무리 그래도."

"어이, 저기, 저기 재가 정유라 아니야?"

"쉿. 들린다."

'이……. 이, 새끼가.'

시간이 조금 지난 뒤에야 깨달을 수 있었다. 그때의 일을 아직 끝내지 않은 것은 나뿐만이 아니라는 걸 말이다.

'이 개자식.'

"좋은 기사네."

어느 정도는 달라지는 게 있을 거라고 생각했지만 솔직히 이 정도로 해줄 수 있을 거라고는 예상하지 못했다.

특히나 린델의 고질적인 문제점인 대형 길드의 이권 문제에 대해 꼬집을 거라고는 상상하지도 못했던 부분.

단순히 정유라를 공격하는 것뿐만이 아니라 사회에 전반적으로 흐르고 있는 분위기를 싸잡아 비판한 것이다.

"던전 내 대형 길드의 패악질, 이대로 괜찮은가?"

'아주 좋아.'

이런 종류의 타이틀은 꽤나 심금을 울린다. 아마 여러 생각을 하고 있는 건 나뿐만이 아닐 것이다. 기사를 접하고 있을 대중은 아마 나와 같은 일을 한두 번 경험해 본 적이 있을 것이다.

단순히 던전 내에서 일어난 상황뿐만이 아니다.

사냥터에서, 무기 상점에서, 단순히 길을 걸어가다 갑질을 당한 경험이 한두 번은 있을 것이다. 없을 수가 없다.

어느 정도 사회적 위치에 있는 나는 린델 내에서 그런 취급을 당해본 적은 없지만 중소 길드의 모험가들은 틀림없이 이런저런 사정으로 고통 받고 있었을 것이다.

린델 내에서 대형 길드에 소속되어 있다는 것은 말 그대로 사회의 상류층. 조금 과장해서 말하자면 지구에서의 대기업 이사 자리에 있는 것과 다름없다.

본인이 직접 행동할 수 있는 무력도 가지고 있으니 더하면 더했지 덜하진 않았을 것이다.

내가 모르는 패악질이 도시 내 곳곳에서 일어나고 있는 것이 당연하다. 일반 사람의 사고로는 상상할 수 없는 일이 일어나고 있을지도 모른다.

붉은 용병이나 파란 같은 경우에는 이미지가 그리 나쁘지 않은 편에 속하지만 검은 백조 같은 경우에는 조금 이야기가 달랐다.

대중은 피해자인 나를 자신들에게 투영하여 내가 당한 일에 공감하고 함께 분노해 주고 있다.

눈치 빠른 대형 길드들은 자신들이 검은 백조와 다르다는 것들을 보여주기 위해 거리를 두기 시작했고, 시대에 편승하기 위한 중견 길드와 소형 클랜들 역시 조심스럽게 자신의 의견을 내보이는 상황.

종류는 다르지만 마치 사회운동의 한 종류처럼 보일 정도였다.

대중을 움직일 수 있다는 것은 곧 권력이며 힘.

아무리 본인의 무력이 강하다고 한들, 그걸 받치는 구성원이 없다면 아무 의미가 없다.

중산층이 사회의 톱니바퀴를 힘들게 움직여주고 있는 덕분에 나와 같은 상류층의 생활이 유지될 수 있는 거다.

내가 제조한 포션을 구입해 주고, 던전에 대한 정보를 물어와 준다.

붉은 용병 길드가 운영하는 무기 상점을 이용하는 것도, 마도 길드에서 마법학 강의를 돈을 내고 들어주는 것도, 검은 백조에서 판매하고 있는 싸구려 정보들을 사주는 것도, 다른 대형 길드에서 판매하는 소비 아이템과 재료 아이템을 처분해주는 것 역시 민중이다.

민중이 없으면 상류층은 유지될 수 없다.

아무리 자신이 잘났다고 한들, 이 생활을 유지할 수 있는 것은 밑에 있는 자들이 우리 같은 자들을 받쳐주고, 올려주고 있기 때문이다.

아마 잊고 있었을 것이다.

이곳은 지구가 아니고 힘의 논리로 움직이는 장소였으니까.

그렇기 때문에 다른 대형 길드에서도 언론에 굳이 손을 뻗치지 않은 것이 틀림없다. 아니, 어쩌면 언론 자체를 별로 달가워하지 않았을 수도 있다.

언론이라는 장치는.

'여론을 움직일 수 있는 도구니까.'

자신들의 기득권을 조금 더 확실히 하기 위해 버려두었겠지만 선점하는 자가 나온다면 이야기는 달라진다.

아마 모두 실감하고 있을 것이다.

'여론이 등을 돌린다는 게 얼마나 무서운 일인지.'

효과는 굉장했다.

검은 백조 길드가 운영하고 있는 모든 사업체에 대한 불매운동이 벌어지는 것은 물론, 중견 길드와 중소 길드, 이름 있는 탐험가나 모험가들이 검은 백조와 던전을 공략하지 않겠다는 의사를 표명했다.

'일부는.'

붉은 용병의 차희라에게 알랑방귀를 끼기 위해.

'일부는.'

단순히 시대에 편승하기 위해.

'또 일부는.'

억압받았던, 소외되었던 이들의 목소리를 높이기 위해.

저마다 이유는 다르지만 함께 일어났다.

아마 먼 미래 역사가가 오늘을 평가한다면 꽤나 할 말이 많을 거라고 생각했다. 내가 던진 작은 돌멩이가 문화 혁명 수준으로 번지기 시작했으니 말이다.

식사를 대충 마친 뒤에 밖으로 나가니 역시나 기자들이 들이닥쳤다. 당연하지만 모습을 보인 기자들은 나와 함께했던 이들이 아니다. 뒤늦게 돈 냄새를 맡고 달려든 이들.

아니나 다를까. 이쪽에 조심스레 질문을 퍼붓고 시작한다.

“잠깐 말씀 좀 묻겠습니다. 정유라 씨에 대해서는…….”

“죄송합니다. 아직 공식적인 입장 발표는…….”

“불편하시겠지만 혹시 정유라 씨에게 하고 싶은 말이라도 있으십니까?”

“추후에 공식적으로 기자 회견을 열도록 하겠습니다.”

“이번 정유라 씨의 발언이 붉은 용병과 파란의 협연에 대한 발언이라는 것에 대해서는 어떻게 생각하시고 계신지.”

“아직 제가 대답해 드릴 수 있는 부분이 아닙니다.”

“거, 너무 달라붙지 마쇼!”

“괜찮다, 덕구야.”

언론인에게는 친절해야 한다. 언론과 권력자는 영원한 친구니까.

“현재 일어나고 있는 검은 백조 길드 보이콧에 대해서 어떤 입장을 취하고 계신지 묻고 싶습니다.”

질문을 던진 녀석은 꽤나 익숙한 얼굴.

‘김성경이라고 했나.’

아마 그럴 것이다.

이 정도 질문에는 대답해 주는 것도 나쁘지 않으리라.

"이번 일이 진실인지 아닌지와는 별개로 얼마나 많은 분이 상실감을 느낄 수 있었는지 알 수 있었습니다. 제게만 일어난 일이 아닙니다. 지금껏 많은 분이 느꼈던 부당함이, 그 고름이 터진 거겠지요. 당연히 이해할 수 있는 행동이지만 혹시나 많은 분이 화를 당하지는 않을까 걱정됩니다. 이상입니다."

뭐, 이 정도로 말하는 게 가장 좋은 방향일 것이다.

"방금 그 말은 던전 내에 있었던 위협 행위가 사실이었다고 말씀하시는 겁니까?"

"노코멘트 하겠습니다."

"보이콧을 지지하는 말씀이십니까?"

"한편으로는 지지하지만 다른 한편으로는 아닙니다. 그저 이번 일로 인해 2차 피해가 생기지는 않을지 걱정할 뿐입니다."

이럴 때는 애매모호한 화술이 꽤나 효과적이다.

나는 검은 백조와 척을 지려는 게 아니다. 오히려 검은 백조와는 원활한 소통 창구를 만들고 싶을 정도다.

원하는 건 정유라뿐이다.

"차희라 님에 대해서 한 말씀 부탁드립니다."

"추후 자리를 마련하도록 하겠습니다."

"이 사태에 대해서 분노하고 있는 모험가들에게 한 말씀 부탁드립니다."

"입장상 무척 난감합니다만 한 말씀 올리겠습니다. 사회의 부당함에 저항하는 여러분은 절대 잘못되지 않습니다. 여러분이 생각하고 계신 것보다 여러분 개개인은 훨씬 큰 힘을 가지고 계십니다. 외부의 압력에 굴하지 마십시오. 여러분 모두 가치 있는 사람입니다.”

열심히 내 말을 받아 적는 기자들이 시야에 비쳤다. 아마도 내일이면 기사로 나갈 타이틀이 눈에 보인다.

‘상실감 느끼고 있는 모험가들의 심정, 십분 이해해’

라든가.

‘보이콧 지지하기는 하지만 2차 피해 우려’

이런 종류의 기사들 말이다.

아마 내 생각보다 더 자극적으로 뽑아줄 수도 있을 것이다. 이쪽으로는 저들이 전문가니까.

꽤나 기분이 좋아졌다.

슬쩍 기자들을 지나치는 와중에도 여러 가지 질문이 쏟아져 내렸지만 적당한 선을 지키는 게 당연하다. 피해자를 연기하는 나로서는 최대한 이야기하지 않는 게 중요하다.

대중의 해석은 많으면 많을수록 유리하니까.

여러 생각을 하고 있었을 때, 바로 옆에서 박덕구의 목소리가 들려왔다.

"거, 일이 이렇게 커질 줄은 몰랐소, 형님."

"그러게 말이다."

"뭐, 앞으로는 행동도 좀 조심해야 될 것 같고……. 뭐, 그런 것 같소."

"그냥 평소대로 행동해도 괜찮을 거야."

"그러고 보니 오늘 붉은 용병에서 입장 발표한다고 하지 않았소?"

"응. 그렇지."

아마도 유감을 표할 것이다.

굳이 검은 백조 전체에 대한 비난 여론을 확신시키려고 하지는 않겠지만, 정유라 개인에 대한 비판과 용병여왕 차희라를 언급하며 했던 발언에 대해서 몇 마디 하는 것이 당연하다.

이미 세간에 정유라가 차희라를 모욕했다는 사실이 전해졌고 자존심을 위해서라도 붉은 용병은 뭔가 액션을 취해야 했으니 말이다.

'그리고 아마 일주일 내에…….'

검은 백조도 입장 발표에 들어간다.

사실 이미 늦었다고 할 수 있는 상황.

내부적으로 어떤 이야기가 나오고 있는지에 대해서는 모르지만 예상할 수 없었던 상황에 검은 백조가 당황하고 있다는 게 느껴질 정도였다.

그야 죽이고 싸우는 것밖에 할 줄 몰랐던 인간들이 갑작스럽게 대중 앞에 서 발표를 한다니 막막할 것이다.

아마 모르긴 몰라도 내부에서는 난리가 났을 거라고 생각했다. 대응이 무척이나 느리게 느껴질 정도니까.

만약 내가 이런 상황에 처했다면 당장 대응팀을 꾸려 이쪽과 어떻게든 접촉하려고 했을 것이다.

단순히 접촉하려는 모습을 보여주는 것만으로도 액션이 된다. 만약 검은 백조에 유능한 두뇌가 있었다면 사태가 이렇게 번질 때까지 가만히 있지 않았을 것이다.

선희영이 다가와 입을 열었던 것은 바로 그때였다.

"기영 씨?"

"네."

"검은 백조 길드에서 찾아왔어요."

'그렇지.'

지금 이 시점까지 행동하지 않는다는 건 말이 안 된다. 영 생각이 없지는 않은 모양이다.

"누가 왔죠?"

"자세히는 모르겠습니다. 사과를 위해 찾아온 것으로 보였어요."

"응접실에서 기다리고 있습니까?"

"네."

살짝 고개를 끄덕이는 선희영.

살짝 감사의 인사를 전한 뒤에 곧바로 응접실로 향하자 익숙한 얼굴들이 시야에 비쳤다.

사실 가장 먼저 눈에 띄는 것은 정유라. 그리고 검은 백조의 중역들로 보이는 사람도 있다.

근신이 풀린 이설호를 비롯한 파란 길드의 고인 물과 사이좋게 이야기를 나누고 있는 것을 보니 나뿐만 아니라 파란 길드와의 접촉도 고려하고 있는 모양.

'미친 늙은이.'

이때다 싶어 숟가락을 올린 건지는 모르겠지만 내가 전부 깔아놓은 판에 탑승하려는 모습이 마음에 들지는 않았다.

"이거 뭐라고 말씀을 드려야 할지……."

"하하하하. 아닙니다. 일단은……."

짜증이 치솟는다.

그때 한쪽에 앉아 있는 여자가 눈에 띄었다.

'이지혜?'

튜토리얼 던전에서 김현성이 만든 쉼터를 관리하고 있던 여자. 이쪽과 어느 정도 전략적인 제휴 관계를 맺고 있었던 여자였다.

능력이 없는 것은 아니니 어딘가에서 잘 생활하고 있을 거라 생각하곤 있었지만 검은 백조에 있을 줄은 상상도 못 했다.

조용히 우리 쪽의 고인 물들과 대화를 나누고 있는 모습은 꽤나 익숙하다.

'하.'

[플레이어 이지혜의 상태창과 잠재 능력을 확인합니다.]

[이름–이지혜]

[칭호–없습니다. 조금 더 노력하셔야겠네요.]

[나이–29]

[성향–이기적인 야망가]

[직업–지휘관]

[능력치]

[근력–09/성장한계치 일반 이하]

[민첩–11/성장한계치 일반 이하]

[체력–15/성장한계치 일반 이하]

[지력–29/성장한계치 희귀 이상]

[내구–10/성장한계치 일반 이하]

[행운–15/성장한계치 일반 이하]

[마력–05/성장한계치 일반 이하]

[총평–축하합니다, 플레이어 이기영. 영혼의 단짝을 다시 한번

만나셨군요. 이쯤 되면 운명이라고 해도 과언이 아닐 것 같네요. 이미 한 번 이어진 적이 있는 것 같지만 다시 한번 이어지는 것은 추천하지 않겠습니다. 말씀드렸지만 앞으로 태어날 2세가 너무나도 불쌍하니까요. 항상 행동을 조심하도록 하세요.]

여전히 눈웃음을 살살 보내며 우리 쪽 늙은이들에게 잘 보이려는 모습이 시야에 들어왔다.

그 와중에 이쪽에 시선이 집중되는 것은 당연지사.

슬쩍 이쪽을 바라보던 이지혜가 반갑다는 목소리로 입을 열었다.

"오빠! 오랜만이에요."

'오빠는 무슨…….'

분위기를 보니 대충 상황이 어떻게 돌아가고 있는지 알 수 있었다.

'똑똑하네.'

시대에 흐름에 탑승한 것은 나뿐만이 아니다.

검은 백조에서도 이런 흐름에 따라갈 수 있는 사람이 필요했을 것이고 내부적으로 이 사건을 해결하기 위한 인재를 찾았을 것이다.

그게 이지혜라는 건 조금은 당황스러웠지만 아예 납득이 되지 않는 것은 아니었다. 그녀는 정치에 능하기도 했고 그나마 내가 본 사람 중에서는 머리 회전이 빠른 편이었으니까.

자기 주제도 제대로 파악하지 못하는 정유라보다 백배는 낫다.

지금 이렇게 이쪽에 반갑게 인사를 보내는 것도 계산된 행동일 가능성이 높다.

'보여주고 싶다 이거지?'

함께 온 검은 백조 길드의 일원들에게 나와의 친분이 있다는 것을 과시하기 위함일 터.

모른 척해도 별로 상관없지만 아마 저쪽의 행동에 맞춰주면 이쪽에 떨어지는 것도 있을 것이다.

이지혜는 거래가 뭔지 확실히 이해하고 있는 여자다.

"정말로 지혜 맞아?"

"네. 여기서 또 뵙네요. 헤헤."

"오랜만이네. 그동안 잘 지냈어?"

"네. 물론이죠. 앞으로는 보기 힘들 거라고 생각했는데 이렇게 또 보게 돼서 다행이네요."

"반갑다. 정말."

고개를 끄덕이며 눈웃음을 치는 것을 보니 내가 생각하는 게 맞는 모양이다.

검은 백조에서 온 중년 여성은 꽤나 기분이 좋아 보인다.

아니나 다를까. 우리 쪽의 고인 물들도 무척이나 즐거워 보인다.

"하하하. 이런 인연이 다 있습니다."

"네. 그러네요."

'왜 웃는 거야. 이 미친 늙은이는.'

애초에 저 늙은이들이 이 자리에 있는 것부터가 마음에 들지 않는다. 묘하게 저자세인 점도 그렇다. 심지어는 눈치를 보는 느낌이라 당황스러워서 말도 제대로 나오지 않았다.

검은 백조가 아무리 린델을 대표하는 대형 길드라고 하지만 지금 상황에서 파란이 고개를 숙일 필요는 없다.

현재 파란은 붉은 용병과 밀접한 관계에 있는 입장이고 상황 자체가 이쪽에 유리하고 돌아가고 있었으니까.

얻을 수 있는 것은 단순히 정유라에게 빅 엿을 먹이는 것만이 아니다. 외교적으로도 복잡하게 얽혀 있는 이 사건을 해결하는 과정에서 나 개인보다 파란 전체가 얻을 수 있는 것이 많다.

그걸 이해하지 못하고 있는 것이다.

어쩌면 저들 간에 개인적 친분이 있을 수도 있다고 생각했다. 대충 봐도 사이가 좋아 보인다.

“늦게 인사드려 정말로 죄송합니다. 저희 쪽에서도 여러 가지 사정이 있어서 말입니다.”

“아닙니다. 이렇게 직접 와주신 것만으로도 충분합니다.”

‘충분? 지랄하네. 미친 늙은이가.’

지들끼리 북 치고 장구 치는 꼴은 꽤나 가관. 사건의 당사자들은 조용히 있는데 자신들끼리 사과를 주고받고 있다.

이쪽이 조용히 서 있는 것을 보고 인사를 건네 오지만 하나부터 열까지 마음에 드는 구석이 하나도 없는 상황이다.

솔직히 무례하다고 느낄 정도였다.

슬쩍 중년 여자를 바라보자 뭔가 눈치가 보였는지 이쪽에 인사를 해오는 모습이 시야에 비쳤다.

“아, 소개가 늦었군요. 검은 백조 길드의 최은희라고 합니다.”

“처음 뵙겠습니다. 이기영이라고 합니다.”

그렇지만 이 미친 늙은이는 나를 도와줄 생각이 없는 모양이다. 곧바로 내 인사를 막고 다시 한번 여자를 향해 입을 연다.

“이거 이럴 게 아니라 간단하게 차라도 하시는 것이 어떻습니까? 최은희 님.”

“예, 설호 씨. 그렇게 할까요?”

이쪽을 힐끔 쳐다본 늙은이는 최은희라는 여자와 다시금

대화를 나누기 시작.

이 늙은이가 내 설계를 전부 망가뜨리고 있는 것을 보니 화가 치밀어 오른다.

'엎어버려?'

외부의 적보다 내부의 쓰레기가 더 짜증 나게 다가오는 어이없는 상황. 언젠가 짜증 나는 짓을 할 거라고 생각은 했지만 이런 식으로 개판을 칠 줄은 상상도 하지 못했다.

뭐라고 한마디 하는 게 좋지 않을까, 머리를 굴리고 있었던 찰나였다.

"차는 두 분이서 마시고 오시는 게 좋겠네요. 일단 해결해야 하는 문제도 있으니까요."

이지혜가 조용히 이야기를 꺼낸 것이다.

"아."

조금은 황당하다는 이설호의 얼굴과 이지혜를 바라보는 최은희의 표정이 꽤나 비슷하다.

그렇지만 떨떠름한 표정으로 고개를 끄덕이는 최은희를 보니 내 생각보다 이지혜가 이번 일에서 맡은 권한이 크다는 걸 깨달을 수 있었다.

'그렇다는 거지?'

검은 백조의 중역을 어떻게 구워삶았는지는 알 수 없지만 높으신 위치에 있는 분들에게 무척이나 신뢰받는 모양이다.

이쪽에 그리 나쁜 상황은 아니다.

"그럼 그렇게 할까요? 설호 씨?"

"네?"

"저희끼리도 따로 할 이야기가 있으니까요. 이번 일에 대해서는 아이들에게 맡기는 게 좋을 것 같아요. 일단은 가져온 선물부터 보여드리도록 할게요."

"허허허. 이것 참 고맙습니다, 최은희 님."

'미친놈.'

최은희이라는 여자가 우리 쪽에 있는 김설호보다는 조금 더 나아 보인다. 그나마 사태 파악은 하고 있는 것처럼 보였으니 말이다.

살짝 이쪽을 돌아본 최은희는 자리에서 몸을 일으켜 이지혜를 향해 입을 열었다.

"그럼 아가, 잘 부탁한다."

"네, 언니."

어딜 봐도 언니로 보이는 외관은 아니지만 듣기 좋으라고 하는 소리인 듯.

이윽고 김설호와 최은희를 비롯한 고인 물들이 응접실에서 나갔다. 문이 닫히는 소리가 들리고 자리에 남아 있는 것은 나와 이지혜와 정유라.

싱글벙글 웃고 있는 이지혜와는 다르게 정유라는 표정이

좋아 보이지 않다.

그동안 마음고생을 한 게 눈에 보일 정도.

아마 여러모로 스트레스가 심할 것이다. 이 모든 사태의 원흉이기도 했고 일이 이만큼 커질 거라고는 생각하지 못했을 테니 말이다.

사방에서 자신을 비난하는 것은 물론 붉은 용병과의 관계도 틀어졌다. 수많은 사람이 검은 백조를 보이콧하고 있고 심지어는 일반 파티에도 들어가기 힘든 상황일 것이다.

지금 그녀의 위치는 국민 비호감 그 이상도 이하도 아니다.

길드 내에서 입지가 내려간 것도 당연하다.

아마 검은 백조에서 아직까지 쫓겨나지 않았다는 것만으로도 감사하게 생각해야 되는 상황일지도 모른다.

'그러게 왜 나댔는지 몰라.'

실실 웃어주는 것은 당연지사.

어차피 우리밖에 없는 자리이기도 했고 이지혜도 딱딱한 분위기보다는 이런 분위기가 더 마음에 들 것이다.

이지혜가 소파 뒤에 몸을 눕히며 말을 이었다.

"짜증 나지 않아요?"

"뭐?"

"저기 늙은이 말이에요. 대충 봐도 쓸모없어 보이는 사람 같던데. 나 같으면 머리를 뜯어 버리고 싶었을 거예요."

"뭐, 틀린 말은 아닌데……. 이쪽도 나름의 사정이 있으니까. 그보다 네가 올 줄은 상상도 못 했는데."

"어쩌다 보니까 그렇게 됐어요. 검은 백조에서 원래 오퍼를 받고 있는 상황이기는 했는데 사실 출세길에서는 멀어지는 상황이었거든요. 그런데 세상이 이렇게 변할지 알았겠어요? 우리 길드에서도 사태를 수습할 사람이 필요했고 제 입으로 말하기는 조금 그렇지만 나름대로 머리가 잘 돌아간다고 생각하는 편이거든요. 이런 상황에 대응할 수 있는 사람으로 제격이라고 판단하신 것 같더라고요. 우리 길드의 윗분들이."

"그럴 거라고 생각했어."

"이게 전부 오빠 덕분이죠. 역시 여자는 남자를 잘 만나야 된다니까?"

"그거 참 고맙네."

"빈말이 아니에요. 실제로 이기영과 친하다는 덕을 톡톡히 보기도 했고, 이 모든 상황을 설계한 게 오빠라는 것도 잘 알고 있으니까요."

질문의 요지를 읽을 수 없다.

그렇지만 대놓고 내가 했다고 말할 정도로 멍청하지는 않다. 다만 살짝 입꼬리를 올리며 입을 열었다.

"글쎄. 무슨 말을 하는지 모르겠는데."

옆에 있던 정유라는 무척이나 황당한 표정이다. 자신은 아예 무시하고 진행되는 대화에 어처구니없는 눈치다.

나 역시 조금은 놀랄 수밖에 없는 상황. 이지혜가 어느 정도 자리를 잡았을 거라고 생각을 했지만 그래도 한때 검은 백조에서 밀어주던 정유라를 아예 대화에서 배제할 줄은 몰랐다.

오히려 정유라가 이지혜의 눈치를 보고 있는 모습.

'허.'

확실히 수완이 좋다는 걸 인정할 수밖에 없었다. 아니, 그 이상이다.

나와 커넥션이 있다는 것을 길드 내에 알렸다고는 해도 그 상황을 이용한 건 그녀였으니 말이다.

"어차피 그렇게 나올 거라고 이야기 했어요. 사실 제 입장에서도 뭐가 진실인지는 별로 상관없고……. 지금 중요한 건 이 사태를 어떻게 수습할지에 대한 거니까요. 음……. 본격적인 대화에 들어가기 전에, 오랜만에 어때요?"

슬쩍 입고 있는 치마를 들치는 것이 시야에 비친다.

당연하지만.

"관심 없어."

응할 리가 없다.

"어머, 매정해라. 잠깐 추억을 되새기는 게 좋지 않을까 생각했는데."

"쓸데없는 소리하지 말고 조건이나 제시해요, 누나. 피차 무슨 생각하는지 뻔히 보이는데 빙빙 말 돌리지 말고."

"정말로 매정하네요. 옆에 있는 이 여자라면 신경 쓰지 않아도 돼요, 오빠."

"그 때문이 아니야."

"이유는 대충 알 것 같기는 한데……. 뭐, 본격적인 이야기에 들어가기 전에 일단은 사과부터 받으셔야겠네요. 아! 이제는 유라 씨 차례예요."

살짝 정유라의 어깨를 툭툭 두드리는 이지혜가 눈에 들어왔다.

솔직히 말해서 전혀 상상하지 못했던 그림이다. 이지혜를 이쪽으로 데려오지 못했다는 게 조금은 후회될 정도였다. 내 생각보다 그녀는 유능하다.

이지혜의 부름에 정유라는 슬쩍 이쪽을 바라보기 시작했다.

당연하지만 사과하고 싶을 리가 없다. 자신은 잘못한 게 없다고 생각하고 있을 테니까.

나와 이지혜의 태도를 보고 있자면 더욱더 그럴 것이다.

그렇지만 힘들게 한 글자 한 글자 떼기 시작한다.

전형적인 패배자의 모습을 하고 있는 것을 보니 절로 웃음이 나올 정도다. 내가 원하는 방향은 아니기는 했지만 이런 방향도 나쁘지는 않다.

“……죄송합니다.”

“어머, 유라 씨. 조금 더 정중하게 사과하셔야죠. 우리 오빠 섭섭하시겠다.”

“죄, 죄송합니다.”

“…….”

그렇지만 여전히 성의 없어 보이는 모습.

이지혜가 정유라의 머리채를 쥔 것은 바로 그때였다.

‘허.’

짝 하는 소리와 함께 정유라의 고개가 돌아간 것.

이게 무슨 상황인지 제대로 알 수 없다.

정유라가 그녀의 눈치를 보는 것을 보고 대충 예상하기는 했지만 이 정도까지 추락할 거라고는 생각하지 못했다.

“유라 씨, 제 말이 말 같지 않아요?”

성에 차지 않는지 한 번 더 손을 휘두르자 정유라의 고개가 그대로 돌아간다.

“똑바로 해주세요.”

솔직히 웃음이 나오는 상황이다. 지금 이지혜가 보여주는 태도로 정유라가 얼마나 망가졌는지 알 수 있다.

사실 정유라가 얼마나 몰락했는가보다 이지혜가 보여주는 모습이 더 흥미롭다.

저런 행동에도 많은 계산이 들어가 있을 것이다. 내게 자신의 권위를 확인시켜 주는 행동이기도 했고, 이쪽에 조금 알랑방귀를 끼고 있다는 느낌도 들었다.

전투 능력이 전무한 몸으로 저런 행동을 할 수 있다는 것도 대단하다고 할 수 있는 부분.

정유라가 이지혜를 죽이는 것은 개미를 손가락으로 눌러 죽이는 것보다 쉽다.

그녀가 자신을 해치지 못할 거라는 자신감에서 나타난 행동으로 보였으니 파란에서 내가 가지고 있는 위치보다 이지혜가 검은 백조에서 챙긴 위치가 더욱 커 보이는 것도 착각이 아니리라.

"엎드려서 똑바로 사과해 주세요."

"……."

요란한 소리와 함께 다시 한번 정유라의 고개가 돌아간다.

당연하지만 동정심 같은 건 들지 않는다.

오히려 조금은 통쾌하게 느껴진다.

변태는 아니지만 나를 짜증 나게 했던 상대가 저렇게 고통받는 모습은 무척이나 기분이 좋다.

정유라의 눈에서는 이미 눈물이 뚝뚝 떨어지고 있다. 최대한 울음을 참고 있는 것처럼 보였다.

'캬. 우리 지혜 잘하네.'

정유라의 머리를 끌어 잡고는 억지로 자리에서 일으켜 세우는 모습은 가관. 박수라도 보내고 싶은 심정이다.

"똑바로 사과하라고 말했어요, 유라 씨."

이쪽을 선택해도 저쪽을 선택해도 굴욕을 당하는 것은 마찬가지.

결국 정유라가 천천히 엎드리기 시작했다.

"옳지. 이제야 말을 알아 들으시네요."

"죄……."

절이라도 올리는 것처럼 땅바닥에 몸을 납작 엎드린 것이 보였다.

"죄송합니다. 흐으윽. 정말로 죄송합니다. 함부로…… 대해서…… 죄송합니다."

묘한 카타르시스가 있다.

나를 단번에 죽일 수 있는 여자가 이렇게 비참하게 엎드리고 있으니 정말 묘한 쾌감을 느꼈다.

살짝 허리를 펼자 곧바로 이지혜가 입을 열어왔다.

"뭐 원하시는 거라도 있어요? 나랑은 싫으면 이 여자랑은 어때요?"

"아니. 별로 관심 없다니까."

"그러고 보니 뭔가 원하시는 게 있는 것 같은 느낌인데……."

"그러고 보니 신발이 조금 더러워 진 것 같기도 하고."

이지혜가 살짝 웃고 있는 모습이 눈에 들어왔다.

'정말 아깝네.'

그렇게 생각할 수밖에 없었다.

말을 내뱉으니 정유라의 얼굴이 일그러지는 것이 보였다.

그렇지만 천천히 이쪽으로 기어오는 걸 보니 자신을 내려놓기로 결정한 것 같았다. 몸을 떨고 있지만 살의 같은 건 느껴지지 않는다.

'흐음.'

사실 나보다는 이지혜의 눈치를 보는 느낌이다.

정유라가 이런 위치로 떨어진 이유보다는 이지혜가 어떻게 저런 위치에 서게 되었는지가 궁금하다.

내가 먼저 입을 열기도 전에 목소리가 들려왔다.

"여러 가지로 궁금하신 게 있는 것 같네요."

"물론. 솔직히 네가 이 여자를 이런 식으로 다룰 줄 몰랐거든. 그래도 한때는 검은 백조에서 밀어주던 재원이었고, 능력도 상당한 수준이니 말이야. 지혜는 리스크를 짊어지는 걸 싫어하는 타입이었잖아. 뒷감당을 할 준비는 된 거 맞지?"

"리스크는 없어요. 전혀 없으니까 오빠도 안심하셔도 돼요."

무슨 소리냐고 입을 떼려다 멈칫 할 수밖에 없었다.

눈앞에 있는 정유라의 상태가 눈에 띄었기 때문이다.

[플레이어 정유라의 상태창과 잠재 능력을 확인합니다.]

[이름-정유라]

[칭호-국민 비호감, 사상 최악의 여자]

[나이-29]

[성향-계산적인 전략가]

[직업-암살도적-희귀 등급]

[직업효과-기초 궁술 지식 습득]

[직업효과-기초 단검술 지식 습득]

[직업효과-기초 함정술 지식 습득]

[직업효과-기초 암살 지식 습득]

[습득한 지식을 사용할 수 없는 상태입니다.]

[능력치]

[근력-41→05/성장한계치 영웅 이상]

[민첩-55→10/성장한계치 영웅 이상]

[체력-43→11/성장한계치 영웅 이하]

[지력-40→30/성장한계치 희귀 이하]

[내구-20→05/성장한계치 희귀 이상]

[행운-23→10/성장한계치 희귀 이하]

[마력-43→09/성장한계치 영웅 이상]

[총평-외부의 충격을 받아 몸이 망가진 상태입니다. 마력 회로가 대부분 파괴된 것은 물론, 근섬유의 손상으로 능력치가 하락하였습니다. 일상적인 생활은 할 수 있지만 모험가로서의 생명은 끝났다고 해도 과언이 아닙니다. 엘릭서라는 전설의 영약이나 성녀급 사제의 신성 치유 마법이 있다면 치유될 수 있겠지만…… 글쎄요. 아무튼 간에 정말로 불쌍하네요. 플레이어 이기영처럼 처음부터 바닥이 아닌, 본래 가지고 있던 것을 잃어버린 사람이 느끼는 상실감은 엄청나거든요.]

'허…….'

새롭게 들어선 칭호보다도 눈에 들어온 것은 형편없는 몸 상태.

칭호는 어차피 생겨날 거라고 대충은 예상했었지만 전체적으로 스탯이 내려가 있다. 정확히 일이 어떻게 된 건지 파악하기도 전에 이지혜의 목소리가 들려왔다.

내 의문에 대한 답을 던져준 것이다.

"몸이 여기저기 망가졌거든요."

"……."

"겉으로 보기에는 멀쩡해 보이지만 정상적인 생활도 겨우 할 수 있을지 모른다고 하네요. 저야 제대로 알 수 없지만 만약 언론이 주목하지 않았다면 벌써 죽었을 거예요. 솔직히 이 여자 목숨도 제가 살린 거나 다름없고요. 이해하시겠지만 얘는 살아 있어야 하거든요. 여전히 사태 파악을 못 하시는 분들이 계셔서……. 그만큼 우리 길드의 높으신 분들이 화가 많이 나셨다니까요."

"이해는 되네."

"기껏 키워주려고 했더니 여기저기 돌아다니면서 깽판이나 치는 게 일상이었고, 이야기를 들어보니 이번이 처음도 아닌 것 같더라고요. 제대로 걸린 거죠, 뭐. 저야 잘 모르지만 예전부터 검은 백조의 힘이 자기 힘이라고 생각하는 사람이 꽤 많았나 봐요. 이번 기회에 그런 사람들을 거르려는 의도도 있는 것 같고…… 이 여자는 본보기로 제대로 걸렸죠."

"흐음."

"조금 더 정치적인 이유도 있기는 하지만 내부적인 일이라 아무리 오빠라고는 해도 가르쳐 드릴 수는 없네요."

"권력 싸움이라도 있었나 봐?"

아마 확실할 것이다.

예상대로 살짝 고개를 끄덕이는 것이 보였다.

내부가 어수선할 거라고 생각하기는 했지만 이 정도라고는 생각하지 못했다. 그냥 내 뇌내망상에 불과하긴 하지만 검은 백조 길드는 정유라 같은 종류의 인간들로 골머리를 앓고 있었던 것이 분명.

언젠가 길드를 개혁하려는 움직임이 있었을 것이고 물갈이를 해야 한다고 생각하는 세력이 있었을 것이다.

말하자면 정유라는 좋은 타이밍에 걸려든 적당한 이유가 되는 셈이다.

"그만큼 내부적으로 썩어가고 있었으니 도려낼 건 도려내야겠다고 생각하신 거겠죠. 현 길드마스터 언니 생각이 그래요."

"현?"

"이렇게 입이 싼 여자는 아닌데 오빠 앞이라고 여러 말을 하게 되네요. 뭐, 어차피 알게 될 테니까 상관은 없지만. 아직 공식적인 발표가 없었을 뿐이에요. 이번 일이 잘 마무리 되면 길드마스터가 교체되면서 내·외부적으로 많은 변화가 있을 거예요. 권력승계는 평화적으로 잘 진행됐으니 이상한 생각은 하지 않으셔도 돼요."

"네가 지금 이 자리에 있는 것도 그걸로 설명이 되는 건가? 아니, 그보다 평화롭게 승계됐다는 소리는 이 여자 꼴을 보면 그렇게 신뢰감 있게 느껴지는 말이 아닌데."

"무슨 일이 있었는지가 뭐가 중요하겠어요? 세상은 진실대로 돌아가는 게 아니잖아요? 대중이 어떻게 생각하는지가 중요하지. 오빠가 이번에 꾸민 일도 비슷한 부분으로 생각해 볼 수 있고."

"나는 무슨 말을 하는지 영 모르겠는데……."

"걱정이 많으시네요. 녹음기나 녹음 마법 같은 게 있는 세상도 아닌데. 뭐, 아무튼 간에 반 정도는 오빠 생각이 맞을 거예요. 저 같은 경우에는 리스크를 짊어지는 타입은 아니지만 어느 한쪽에는 서야 했거든요. 우리 길드마스터 언니는 여러 종류의 인재를 중요하게 생각하는 사람이라서 말이죠."

"그래서?"

"일이 터진 뒤에 보고서 몇 백 장 작성해서 가지고 갔을 뿐이에요. 현 사태에 대해 분석해서 원인과 길드가 부패하고 있는 이유, 검은 백조가 앞으로 움직여야 할 방향, 붉은 용병과의 관계, 그들의 우방인 파란과의 관계나 앞으로의 파란의 성장 가능성. 그리고 음……. 이기영이라는 남자가 어떤 남자인지에 대해서? 정신없이 써서 잘 기억은 안 나네요."

"……."

"아무튼 제 행동이 위에 계신 분들한테는 조금 신선하게 느껴졌나 봐요. 여기저기에서 중구난방으로 되지도 않을 개소리 같은 탁상공론이 계속되는 상황에서 갑자기 평길드원이 집무실로 찾아오면 무슨 생각을 하겠어요?"

쓸 만하다고 생각할 것이다.

우리 쪽에 미친 늙은이들은 이게 뭔 개짓거리냐고 반응할 테지만 내가 검은 백조의 중역에 있는 입장이었다면 틀림없이 이지혜를 기용했을 것이다.

말하자면 그녀는 길드의 내부적 위기를 능력을 펼칠 기회로 삼은 셈이다.

“사실 보고서도 완벽하지 않았을 거예요. 저는 기영 오빠만큼 똑똑하지 않기도 하고, 시간도 없었으니까. 그래도 아무도 책임지고 싶지 않은 상황에서 행동하니 여러모로 귀여움을 받을 수 있었죠. 뭐, 사실 리스크가 아예 없었던 건 아니었지만 한 번쯤은 짊어지는 것도 나쁘지 않다고 생각했어요.”

“뭔가 심경에 변화라도 생겼나 봐?”

“그럼요. 뭐, 자세한 이유는 오빠가 더 잘 알고 있을 것 같은데……. 이 이야기는 나중에 하고 일단은 원하시는 조건부터 말씀해 주시겠어요? 최대한 맞춰줄 수 있는 만큼 맞춰 드릴 수 있어요. 공식적으로 전달하는 것 외에도 여러 가지, 어느 정도까지냐면……. 아! 저 여자를 달라고 해도 드릴 수 있을 거예요.”

“꽤나 성의를 보이네.”

“그럼요.”

슬쩍 바닥을 바라보니 아직도 바닥을 기고 있는 정유라가 시야에 들어왔다. 무척이나 성심성의껏 이쪽에 봉사하는 모습을 보니 웃음이 나올 지경이다.

필사적이다.

어째서 그녀가 이런 모습을 보이는지 당연히 알고 있다.

'회복하고 싶은 거겠지.'

그 말이 맞다.

성녀급의 고위 사제나 엘릭서는 쉽게 구할 수 있는 것이 아니다. 애초에 정말로 고위 사제라고 부를 수 있는 이들은 몇 명 없고 그들을 데리고 오는 과정에도 큰 값을 치러야 한다.

엘릭서 역시 마찬가지. 들어가는 재료도 재료이거니와 엘릭서를 만들어낼 연금술사도 없다. 말하자면 던전 공략 과정에서 드랍 되는 확률에 의지해야 된다는 소리다.

간단히 정리하자면 개인의 힘으로는 절대로 회복할 수 없다는 것.

길드 차원에 지원을 받아야 하니 잘 보이고 싶은 것도 무리가 아닐 것이다.

살짝 머리카락을 들어 올리자 이쪽을 바라보는 표정이 눈에 보인다.

분노, 원망, 걱정, 후회 여러 가지 감정이 뒤섞인 표정.

깨끗하게 닦인 신발과는 대조적이다.

"사실 이렇게 일이 잘 풀릴 거라고는 생각하지 못했는데."

"……."

솔직히 이제는 관심이 있다고 하기에도 조금 힘들었다.

"세상이라는 게 조금…… 그렇지?"

"네……."

"사람 일이라는 게 정말로 어떻게 될지 모른다는 게 당신을 보니까 실감이 나네."

"……."

"납득하기는 힘들겠지만 지금까지 해왔던 일에 대한 대가를 치르는 거라고 생각해. 하나를 보면 열이 보인다고, 네가 해왔던 행동이 되돌아 온 거니까."

"네……."

"나한테도 해당되는 이야기로 들린다는 표정이네."

"아, 아닙니다."

"아마 네 생각대로는 되지 않을걸. 밑바닥에 있어 본 적 없는 철부지가 뭘 알겠어. 풉."

"……."

"네 경우에는 이번에는 운이 안 좋았을 뿐이야. 그래, 똥 밟았다고 생각해. 그편이 맞겠네. 열심히 한다면 혹시 재기할 수도 있을 테니까 힘차게 살아가도록 하고. 그리고 음……. 이건 열심히 닦아준 값. 그렇게 마음에 들지는 않지만 그래도 노동에 대한 대가는 받아야지. 그게 아름다운 사회니까."

살짝 주머니를 뒤적거리자 표정이 일그러지는 것이 보였다.

골드가 들어 있는 주머니를 꺼내 천천히 바닥에 떨어뜨리니 깨물고 있는 입술에서 피가 흘러내린다.

눈물이 가득 고였다.

화가 나지 않을 리가 없다. 아직까지 나는 그녀에게 버러지로 보일 테니까.

"표정관리 해야지?"

"그래요, 유라 씨. 오빠가 주신 선물인데 웃어야죠."

"가, 감사합니다."

천천히 바닥에 떨어진 골드를 줍는 모습.

내가 보고 싶었던 그림이다.

한 사람이 이렇게 쉽게 몰락했다는 사실이 조금은 재미있었다.

교훈이 된다. 저런 식으로 살면 안 된다는 교훈보다는 치밀하지 않으면 언젠가 저런 꼴이 될 수 있다는 게 조금 더 와닿았다.

사실 정상인이 생각할 수 있는 방향은 아니라고 생각하기는 했지만 옳지 못한 행동이라고는 볼 수 없다.

스스로의 가치를 올려야 하고, 적은 쳐내야 한다.

그런 면에서 이번 일은 마무리가 꽤나 마음에 든다. 아직 완벽하게 끝났다고 볼 수는 없지만 적어도 정유라와 나의 인연은 여기에서 끝.

"즐거웠어. 이만 나가봐도 돼."

아마 그녀는 회복하지 못할 것이다. 대형 길드에서 다시 한 번 그녀에게 투자할 이유는 그 어디에도 없으니까. 그럼에도 희망을 잃지 않고 살아준다는 건 꽤나 마음에 드는 부분.

희망이 큰 만큼 절망도 크다.

평생 언젠가 회복할 수 있다고, 언젠가는 되돌려 줄 수 있다고 생각하면서 삶의 끈을 이어나갈 것을 생각하니 웃음이 나온다.

고통 끝에 낙이 있다고 생각하기야 하겠지만 아마 그 고통은 끝나지 않을 것이다. 심지어 끝난다고 하더라도 꽤나 긴 시간이 들 터.

그래도 그녀는 십 년이나 이십 년 후를 상상하며 자위할 것이다.

'그게 인간이란 거니까.'

정확히 그녀가 어떤 삶을 살아가게 될지는 알 수 없다. 여론이 조금 조용해진 뒤에는 쥐도 새도 모르게 죽을 수도 있고 어쩌면 평범한 생활을 하게 될지도 모른다.

그렇지만 언젠가 그녀를 빈민촌이나 창녀촌에서 마주쳤을 때 해주고 싶은 이야기는 있다.

'사람 잘못 건드렸다고.'

그녀가 천천히 응접실을 나가자 곧바로 이지혜가 입을 열었다.

"만족하셨나요?"

"절반 정도는. 자, 그럼 뭘 해줄 수 있는지에 대해 이야기해 줬으면 좋겠네."

"물론이죠. 아마 만족하실 거예요. 일단 저희의 요구사항부터 말씀드려도 될까요?"

"물론."

"일단 공식 입장을 발표해 주시면 돼요."

"예를 들면?"

"검은 백조의 정유라로부터 진심어린 사과를 받았고 서로 오해를 풀었다는 이야기요. 육체적으로 위협을 받은 적은 없다는 말도 같이 해주시면 정말 감사하겠네요. 그밖에는 오빠가 알아서 생각해 주시면 될 텐데……. 뭐, 지금 이 사태를 진정시킬 발언이라면 어떤 말이라도 상관없어요."

"흐음. 아무리 그렇다고는 해도 쉽진 않을 거야."

"추가로 검은 백조의 달라진 모습에 대해서도 언급해 주셨으면 좋겠네요."

"나를 홍보 수단으로 쓰겠다, 이거야?"

"그야 당연하죠. 일부에서는 저항의 상징 이기영이니 하는 소리가 들리고 있는데, 아마 시간이 조금만 지나면 칭호까지 생길걸요? 아무래도 오빠가 추구하는 이미지가 있을 테니 추가 사항에 대해서 언급하는 건 필수 사항이라고는 할 수 없지만, 제 얼굴을 봐서라도 한 번쯤은 언급해 주셨으면 좋겠어요. 여러분이 한 대형 길드를 변화시켰습니다. 여러분이 승리했습니다. 저 혼자만의 승리가 아닙니다! 뭐, 이 정도가 좋겠네요."

"승리는 무슨……."

꽤나 앙큼한 생각을 하는 것을 보니 괜스레 웃음이 나왔다.

검은 백조의 권력 체계가 바뀐 것은 어디까지나 여러 가지 정치적 관계가 얽혀 있기 때문이다.

물론 그 도화선이 된 것이 지금의 사태라는 것은 부정할 수 없지만 검은 백조가 가지고 있는 내부적인 문제가 아니었다면 아마 바뀌지 않았을 가능성이 높다.

그럼에도 굳이 대중의 승리에 초점을 맞춰 발표해 달라는 이야기에 웃음이 나오고 말았다.

"진실이 뭔지는 상관없잖아요? 대중이 승리했다고 생각하도록 하는 게 중요한 거라는 건 알고 있으실 텐데."

"그래서 웃음이 나오는 거야."

"뭐, 저희도 가만히 있지는 않을 테니까 이쪽은 신경 쓰지 않으셔도 돼요. 지금까지 했던 것처럼 여러 가지 발언으로 기름만 붓지 않으시면 된다고요. 여러분을 이해한다든가 패악질이라든가 이런 말을 조심해 주시는 걸 바라는 거예요."

"이해했어. 고려해 보도록 하지."

"옛정을 생각해서라도요. 네?"

살살 눈웃음을 치지만 굳이 신경 쓰지는 않았다.

"또 있나?"

"물론이죠. 오빠의 권한에서는 조금 벗어날 수도 있는 이야기이긴 한데…… 붉은 용병과 검은 백조 그리고 파란의 삼권 동맹을 추진하는 중이에요. 이것도 공식적으로 발표해 주셨으면 좋겠네요. 오빠에게도 나쁜 이야기는 아닐 거예요."

"길드 내에서 영향력을 넓힐 수 있다는 소리지?"

"네. 물론 이건 당장 발표해 달라고는 하지 않을게요. 아무래도 시국이 어수선하니까. 다만 친근한 분위기에 대해서 언급해 주셨으면 좋겠네요. 달라진 검은 백조와 좋은 관계를 유지하고 있다는 정도가 괜찮아 보이네요."

"원하는 게 조금 많아 보이는데……. 보상은 제대로 준비되어 있는 거지?"

"네. 일단 공포의 정원에서 얻은 아이템과 자재, 재화는 모두 오빠 개인에게 들어갈 거예요. 공략이 완료된 던전의 지분이나 토지문서도 마찬가지로."

"여론을 생각하면 그렇게 반가운 소리는 아닌데."

"공식적으로는 기부로 들어가겠죠."

"아아아아. 이해가 되네."

"오빠가 저희 길드에서 무엇을 받았다는 건 절대 알려지지 않을 거예요."

사실 완전히 믿을 수는 없다. 이지혜라면 충분히 이쪽의 뒤통수를 칠 수도 있다고 생각했으니까. 아마 이쪽이 어떤 식으로라도 큰 이득을 받았다는 사실이 외부로 알려진다면 언론을 이용해 개인의 이득을 꾀했다는 비난을 피할 수 없을 것이다.

"만약에 알려진다고 해도 충분히 수습할 수 있으리라고 생각하고 있고요."

'그 말은 맞아.'

이미 여러 언론이 내 편에 서 있다.

만약에 그런 일이 터졌다고는 해도 수습하는 것은 큰 문제가 아니다. 이미 린델 내에 대부분의 언론은 파란과 붉은 용병에 편에 서기로 마음을 먹었다.

그렇게 생각해 보니 검은 백조가 이쪽에 러브콜을 하고 있는 것도 무척이나 당연하다.

만약 이지혜를 비롯한 검은 백조의 인사들이 이 사실을 알고 있다면 말이다.

"또 길드 차원에서 김현성 파티에 대한 지원이 있을 거예요."

"너무 후한 거 아닌가?"

"그만큼 오빠한테 잘 보이고 싶은 거 아니겠어요?"

"이런 식의 주목은 반갑지만은 않은데……."

말은 안 하고 있지만 사실 검은 백조 내에서 내 이미지를 꽤나 부풀려서 이야기했을 것이다. 내 가치가 올라가야 나와 연줄을 가지고 있는 이지혜의 위치도 함께 올라가니까.

말하자면 상생관계인 셈.

기분이 좋은 것은 아니지만 나쁘지는 않다.

결과적으로만 본다면 내가 받을 수 있는 것들이 무척 많다는 소리였으니까.

"또 원하시는 것들이 있으시면 최대한 이쪽에서 맞춰드릴 수……."

"그건 네가 알아서 하도록 해. 뭘 얼마나 줄지에 대해서는 길드가 생각하는 방향이 있을 테니 뭘 해주든지 이제는 상관없어."

"조금 부담되네요. 시험하겠다는 것처럼 들리는데."

"그렇지는 않아. 아니 솔직히 이야기하면 어째서 이 정도로까지 해주는지 이해가 안 되네. 물론 검은 백조의 행동이 당위성이 없는 건 아니지만 조금 과해. 챙길 건 나뿐만이 아니잖아? 붉은 용병까지 함께 케어해야 되는 상황에서 수지가 맞는 장사로 보이지는 않는다는 거야."

"제 입으로 이런 말 드리기는 부끄럽지만 제 입김이 아예 들어가지 않은 건 아니에요."

"그래서 더 궁금한 거야. 옛정에 얽매여 있다고 하기에는 누나는 너무 이성적이야. 정말로 원하는 게 뭔지 말해줬으면 좋겠는데."

침묵이 내려앉았다.

이지혜의 표정은 변함이 없다. 당황한 것 같지도 않다.

그녀는 무척이나 담담하게 말을 이었다. 당연하지만 내가 예상하고 있었던 대답과는 거리가 꽤나 멀었다.

"저번에 말하지 않았어요?"

"뭐."

"난 야망 있는 남자가 취향이라고."

"농담하지 말……."

그녀의 눈을 바라본 순간 입 안에 있던 말을 끝까지 내뱉을 수 없었다. 이쪽을 똑바로 보는 이지혜의 표정이 거짓말을 하고 있는 것 같지 않았기 때문. 언제나처럼 실실 웃으며 눈웃음을 치고 있는 표정이 아니다.

"제가 농담하는 것 같아요?"

"……."

"내가 재미있는 이야기 하나 해줄게요."

천천히 고개를 끄덕인다. 왠지 모르게 그래야 할 것 같았으니까.

"미 전 대통령 클린턴 부부의 일화 들어본 적 있어요? 픽션이지만 조금 흥미로운 이야기인데……."

"없어."

그녀는 잠깐 숨을 내쉰 뒤 말을 잇기 시작했다. 조금은 뜬금없는 이야기였지만 흥미로운 이야기이기도 했다.

"빌 클린턴과 힐러리 클린턴이 대통령 시절 당시 주유소에 주유를 하러 간 적이 있었어요. 그 주유소에서 힐러리 클린턴이 낯선 남자와 뜨거운 포옹을 했다지 뭐예요."

"재미있는 이야기네."

"알고 보니 그 주유소에 있었던 남자는 힐러리의 전 남자친구였대요. 돌아가는 길에 그에 대해서 대화를 나누던 중에 빌 클린턴이 조금 짓궂게 말했다고 해요. 만약 아직까지 저 사람과 사귀고 있었다면 당신은 주유소에서 함께 일하고 있었을 거라고 말이에요."

"……."

"그 말에 대한 힐러리의 대답이 뭐였을 것 같아요?"

"……."

"아니. 당신이 아닌 저 사람이 미합중국 대통령이 되어 있겠지."

재미있는 이야기다.

확실히 재미있는 이야기였다.

빌 클린턴과 힐러리 클린턴의 일화를 나와 이지혜에게 대입해 보자면 그녀는 나를 대통령으로 만들어 줄 수 있겠다는 소리나 다름없었으니 말이다.

"공감이 아예 안 되는 일화는 아니에요. 그렇지만 개인적으로는 저 이야기에 전제 조건 하나를 더 붙이고 싶거든요."

"그건."

"남자가 얼마만큼 야망을 가지고 있는가."

'허…….'

"남자란 여자가 어떻게 하느냐에 따라서 달라진다고 하지만 야망이 없는 남자는 그다지 매력적으로 느껴지지 않거든요."

"지금 내가 어떤 상황에 있는지 이해하고 있는 거지?"

"그럼요. 무려 용병여왕의 정부이신데. 그뿐이겠어요? 정하얀이라는 폭탄도 옆에서 애지중지 키우고 있잖아요. 그렇지만 여자의 매력이라는 건 가지고 있는 외모나 힘만으로 결정되는 게 아니랍니다."

"하……."

"지금 당장 만나달라고 구질구질하게 달라붙는 게 아니에요, 오빠. 그런 여자가 인기 없다는 건 이미 알고 있거든. 피에 미친 용병이나 눈 돌아간 이상한 마법사와 물고 빨고 뒹굴든 나는 하나도 상관없어. 그게 전부 위로 올라갈 수 있는 과정이라면 오히려 환영하고 싶어질 정도고. 결정적으로 최후의 선택받는 건 나 같은 여자라는 걸 알고 있으니까."

"……."

"오빠 같은 종류의 남자를 왕으로 만들 수 있는 여자."

'허…….'

당황스러워서 말도 제대로 나오지 않았다.

이기적인 야심가라는 성향을 봤을 때부터 그리고 튜토리얼 던전에서부터 그녀를 이해하고 있기는 했지만 이 정도일 거라고는 생각하지 못했다.

이쪽에 관심이 있다는 이야기 때문에 놀란 것이 아니다.

그녀가 가지고 있는 묘한 자신감 때문이다.

이지혜의 능력치는 확실히 형편없다.

재능 역시 마찬가지다.

물론, 이지혜는 자신의 재능 한계치를 모르고 있는 상태겠지만 아마도 조금씩 인지하고 있을 것이다.

직업을 지휘관으로 고른 것 역시 그녀가 자신의 한계를 눈치채고 있다는 증거.

그럼에도 나와 닮은 이 여자는 자신감이 있다.

능력치나 이곳에서 통용되는 무력을 제외하고 자신이 고른 남자를 왕으로 만들어줄 수 있다는 자신감.

'뭐…….'

언제부터 이 여자가 이런 생각을 했는지는 당연히 알 수 없다. 그녀의 성향을 생각했다면 아마 처음부터였을 가능성이 높으리라.

이 말에 어떻게 반응해야 할지 감이 잡히지 않았다.

여러 생각을 하던 도중에도 살짝 몸을 일으키고 있는 이지혜가 시야에 비쳤다. 조심스럽게 내 얼굴을 쓰다듬고 있는 모습 역시 눈에 보인다.

"어째서 나야?"

"글쎄. 굳이 이유를 만들어 보자면……."

"……."

"그때 오빠가 다시 보자고 말해줘서?"

살짝 입을 맞춰오는 걸 굳이 피하지는 않았다.

그녀는 이용할 가치가 충분하다 못해 넘친다.

"이야기는 여기서 끝. 길드 차원에서 만들어준 것뿐만 아니라 개인적으로 말씀드린 것도 잘 생각해 주세요, 오빠."

"생각해 볼게요, 누나."

'전부 다 좋은 이야기니까.'

살짝 구겨진 인상.

그렇지만 입가에 걸린 미소를 보니 오늘 있었던 대화가 마음에 든 모양이다.

그렇게 몸을 일으킨 그녀가 방문을 열고 밖으로 나가려고 했을 때였다.

'아.'

응접실에 문 밖에서 나를 기다리고 있는 정하얀이 시야에 비친 것. 깜짝 놀란 나와는 다르게 이지혜는 놀라는 기색 없이 정하얀을 바라보며 입을 열었다.

"오랜만이네요, 하얀 씨."

"네……. 오랜만…… 이네요, 지혜 씨."

'시발.'

"기영 오빠랑 사귀기로 하셨다면서요? 현성 씨나 덕구 씨도 잘 지내죠?"

"네……."

"어머 축하드려요. 예쁜 사랑하는 걸 보니까 제가 다 기분이 좋네요. 앞으로도 종종 보게 될 것 같은데. 잘 부탁드려요."

"네……."

"그럼 이만."

착각인지는 모르겠지만 정하얀의 상태가 묘하게 다르다.

물론, 안에서 무슨 이야기가 있었는지는 알 수 없었을 것이다.

이 장소는 다른 사람에게 방해받지 않는 마법 처리가 되어 있는 방이었으니까.

그렇지만 묘한 분위기를 느낀 것 때문인지 이전에 박혜영을 바라보던 눈빛으로 이지혜를 보는 걸 눈치챌 수 있었다.

확실하게 말할 수 있다.

지금의 정하얀은 눈이 맛이 가 있다.

'제기랄.'

심지어 이쪽을 추궁하는 듯한 표정으로 빤히 바라보는 상황.

이지혜는 슬슬 입꼬리를 올리며 나에게 미소를 보낸다.

세상은 넓고 여자는 많다.

그렇지만.

어째서 나는 이렇게 정신이 나간 여자들만 꼬이는지 이해할 수 없었다.

15장
과거 회상

과거에, 아니, 정확히 말하면 아직 일어나지 않는 미래에 어째서 전쟁이 일어났는지 그 이유는 정확히 알 수 없었다.

그 당시에 나는 대륙의 중심과는 거리가 있었으니 어쩔 수 없는 일이다.

물론 예상가는 일이 전혀 없는 것은 아니다.

튜토리얼의 이권 문제도 얽혀 있었고 사상과 이념문제 역시 관련이 있었을 것이다.

이와 같은 경우에 중요한 것은 원인보다는 결과.

작은 전투로 시작된 분쟁은 어느덧 커다란 불씨가 되어 대륙 전체를 집어 삼켰다.

몇몇 집단은 서로를 이유 없이 증오했고, 시간이 조금 더 지난 이후에는 서로 가지고 있던 이념과 사상을 외치지도 않을 정도가 됐다.

자신의 신념을 지키는 것보다 상대방에 대한 증오를 배설하는 것에 주력한 것이다.

악의는 악의를 만들고 분노는 분노를, 복수는 복수를 낳았다.

언젠가 끝날 거라고 생각했지만 전쟁은 끝나지 않았다.

지구인과 원주민의 전쟁.

원주민과 원주민의 전쟁.

지구인과 지구인의 전쟁.

증오하는 대상을 바꾸고 확대시켜며 전쟁에 몰입했고 서로가 서로를 노예처럼 부리고 학살했다.

차마 눈 뜨고도 보지 못할 정도의 참혹한 광경을 곳곳에서 어렵지 않게 찾아볼 수 있었고 모두가 이런 일을 모른 척하는 것에 암묵적으로 동의했다.

서로에 대한 불신이 점점 커진 것은 물론 이후에 있을 싸움에서도 뭉치지 못했다.

그 과정에서.

모두에게 선망의 대상이었던 대마법사는 알 수 없는 말을 남기며 스스로 목을 매달았다.

일본의 무녀는 간살 당했고.

용병여왕은 생사가 불분명해졌다.

가족이라고 부르던 이들과 모든 클랜원이 목숨을 잃었고.

영웅이라고 불리던 많은 이가 죽거나 망가졌다.

선택받은 용사의 성검 역시 그 빛을 잃었다.

시간이 조금 더 흐르고 연합은 와해됐고 결국에는 수많은 사상자를 내며 이 무의미한 전쟁의 1막이 마무리됐다.

멀리 날아갔던 부메랑이 돌아온 셈이다.

모두 인류의 잘못이었다.

“전투와 전쟁은 다릅니다.”

“무슨…….”

“솔직히 당신이 강하다는 건 인정하겠습니다. 저는 당신을 이길 수 없어요. 물론 저뿐만이 아니라 제 밑에 있는 자들도 당신을 이길 수 없을 겁니다. 그건 몇 번을 생각해도 부정할 수 없는 사실입니다. 그래요. 절대 부정할 수 없습니다.”

“너는…… 인간이군.”

“예. 인간입니다. 가면 때문에 알아보지 못할 거라고 생각했는데. 모두에게 칭송 받는 천재 검사는 역시 다른 모양입니다. 마력으로 보호받고 있다고 들었는데 영 질이 좋지 못하네요.”

“그냥 느낌일 뿐이다. 대충 봐도 너는 그들과는 달라 보이니까.”

"칭찬인지 모욕인지 구분하기 힘들군요."

"어째서 그들의 편에 선 거지?"

"승률이 높은 쪽에 걸었을 뿐입니다. 너무나도 당연하고도 합리적인 이유이지요."

"많은 인간이 죽었다."

"알고 있습니다. 그렇지만 인간은 이미 서로가 서로를 죽이고 있었습니다. 아무리 많은 인간이 죽었다고 한들, 과거처럼 많이 죽지는 않았을 겁니다. 오히려 윗분들은 인간의 개체수를 유지하고 싶어 하십니다. 아주 평화롭고 규격화된 장소에서 말입니다. 그게 더 도움이 될 겁니다."

"인류를 배신……."

"뻔한 소리를 하시는군요. 배신한 건 저만이 아닙니다. 알고 계시지 않습니까."

"양심의 가책도 느끼지 않는 건가."

"글쎄요. 가책이 없는 건 아닙니다. 민간인을 죽여야 할 때는 조금 가슴이 아팠고 저를 사랑해 주는 귀여운 마법사를 배신해야 했을 때도 아팠습니다. 우연히 만난 운명적인 상대와의 사랑이라니. 그 순진한 아가씨를 생각하니 웃음이 나오더군요. 푸핫. 설마하니 스스로 목숨을 끊을 거라고는 생각하지 못했습니다. 왜 그랬을까요? 조금 더 써먹고 싶었는데. 죄책감을 이기지 못했나 봅니다."

"너……."

"백성을 사랑하는 제국의 여왕이 그들 스스로를 죽이는 것을 지켜봤을 때에도 가슴은 아팠습니다. 그렇지만 해야만 하는 일이었습니다. 필요한 일이었어요. 사랑하는 사람이 죽는 걸 지켜봐야만 했던 용사를 봤을 때도 가슴이 찢어지더군요. 그분은 당신들에게 배신당했다고 생각한 것 같았습니다. 큽. 그러게 이런저런 오해가 생기지 않게 잘하지 그러셨습니까."

"너…… 누구야. 누군데!"

"그건 당신이 알 필요 없어요. 아니, 그보다는 조금 이상하네. 네가 이렇게 격정적으로 반응할지는 몰랐는데 말이야. 사랑하는 사람들이 죽는 것과 연관 없는 사람이 죽는 건 역시 다른가 봐?"

"……."

"너도 그렇게 착한 사람이라고는 할 수 없잖아, 김현성."

"너……."

"쓰레기 같은 위선자 새끼."

"누구냐고 물었……."

"그건 알 필요 없다고 말하지 않았나. 말한다고 해도 어차피 넌 기억 못 할 거다. 지금 그보다 중요한 건 네가 살기 위해서 어떤 행동을 해야 하냐는 거지."

"죽여."

"숭고한 척하지 마, 쓰레기야. 너한테 선택권은 없으니까. 물론 조금 힘들 거라는 건 알고 있어. 그럼 이렇게 하자, 김현성. 나도 나쁜 사람은 아니니까 네가 최소한의 양심에 비빌 수 있는 구멍 정도는 만들어줄게. 옆에서 헐떡거리고 있는 개자식을 죽여. 그러지 않으면 네 사랑하는 연인이 죽는다. 아, 연인이라고는 볼 수 없나? 뭐라고 표현해야 될지 모르겠네. 둘이 하긴 했지?"

"이 개자식……."

"다시 말하지만 선택권은 없다. 네가 거부한다면 이년을 인간 같지도 않은 변태 새끼들한테 넘겨서 하루 종일 보람찬 시간을 보내게 할 거야. 내 인내심이 한계에 다다르기 전에 빨리 선택하는 게 좋을 텐데? 물론 약속은 지킨다. 나는 누구와는 다르게 굉장히 약속을 잘 지키는 사람이거든."

"……."

"푸핫!"

"……."

"거 봐요, 누나. 내가 할 거라고 했잖아요. 아아아아. 물론이죠. 약속은 지킬 거예요. 녀석도 살려줄 거고 저 여자도 풀어줄 겁니다. 지금 여기에서 죽이기엔 조금 아까우니까. 물론이죠. 여기서 죽으면 안 되니까요. 윗분들에게도 잘 말해드릴 수 있도록 하겠습니다. 아, 금방 돌아가도록 할게요. 걱정하지 마요, 내 단짝.”

“…….”

“…….”

“수고했어, 김현성. 뭐라고 인사를 해야 될지 잘 모르겠는데…… 음. 이게 좋겠네. 다음에 또 보자.”

콰직!

“아.”

순식간에 눈이 번쩍 떠졌다.

식은땀으로 범벅이 된 등.

축축한 느낌에 기분이 더러워진 것도 잠시, 고개를 올리자 평소와 같은 천장이 눈에 들어오기 시작했다.

‘돌아왔어. 돌아온 건가?’

하루에도 몇 번씩 자신에게 되묻는 질문이었다.

틀림없이 돌아왔다. 이곳은 이전에 있었던 장소가 아니라 틀림없이 파란의 길드 하우스다.

방 한 쪽에 걸려 있는 검 한 자루. 마찬가지로 침대 위에 놓여 있는 검.

다른 가구는 거의 없다시피 한 단출한 방 안은 틀림없이 현재의 내 방이다.

항상 몸에 배어 있던 피 냄새는 없다. 비명과 괴성, 살려달라는 목소리 대신 들려오는 것은 아침을 여는 새들의 지저귐뿐이다.

어둡고 불길한 마력 대신 환한 빛이 쏟아져 내리는 것이 느껴졌다.

이전에 있었던 일을 꿈으로 꾼 것은 꽤나 오랜만이다.

특히나 이렇게 현실감을 느끼는 것은 더욱 오랜만이었다.

죽어가는 동료의 가슴에 칼을 박아 넣은 촉감이 아직 손에서 느껴질 지경이다.

그때 나눴던 대화도, 그곳의 분위기도 무척이나 생생하게 느껴졌다.

순식간에 기분이 더러워졌다. 나도 모르게 온 몸에 힘이 들어갈 정도다. 숨소리가 점점 더 가빠지는 것은 물론, 머리가 어지럽다. 괜스레 헛구역질이 올라오려고 했고, 여러 생각이 머릿속에 잠식한다.

과거에 있었던 일들이 하나하나 떠오르자 결국에는 욕지기를 참지 못하고 쏟아냈다.

"하아. 하아……."

부들부들 떨리는 팔을 꽉 잡은 것은 당연지사.

'지금은 달라.'

당연하지만 지금은 다르다.

튜토리얼에서의 사고도 없었고 많은 사람을 구했다.

'지금은 달라.'

이전의 실수들을 최대한 바로 잡았다. 최소한 지금까지 있었던 모든 실수를 전부 다 바로 잡았다. 마음에 걸리는 건 단 하나도 없다.

"달라. 예전과는 달라. 분명히 달라……."

정하얀도 처음부터 발견할 수 있었고 김예리 역시 함께 시작했다.

튜토리얼 던전에서 정진호를 죽일 수 있었던 것은 정말로 큰 성과.

물론 아직 찾아야 할 사람도 많고 해야 할 일도 무척이나 많지만 그래도 어느 정도 기반은 다져놨다고 생각할 수 있었다. 이제 시작이지만 무척이나 좋은 출발선에 서게 됐다.

그렇게 표현하는 것이 맞다.

이전과 비교한다면 상상할 수도 없이 달라져 있었으니 말이다.

단순히 상황이 좋아졌다는 말로 설명할 수 있는 것이 아니다.

그야말로 세상이 뒤바뀌어 버렸다.

누가 그 중심에 있는지는 당연한 일.

1회 차 때는 본 적 없었던 새로운 유형의 인재.

'이기영.'

그는 1회 차에서는 찾을 수 없었던 유형의 인재였다.

훈련에 잘 따라오는 박덕구도 그랬고 대외적인 부분은 물론 파티의 모든 부분을 담당하는 이기영은 더욱더 그랬다. 마법사나 연금술사로서의 역할은 아직까지 기대하기 힘든 부분이 있었지만 이기영의 진가는 그것이 아니었다.

'유능한 사람.'

단순히 유능한 사람이라고 평가할 수 없을 정도로, 지나칠 정도로 뛰어난 인재였다.

옆에서 지켜보기에 마법이라도 부리는 것처럼 느껴질 지경이었다.

좋은 조건으로 파란에 올 수 있게 손을 썼고 용병여왕과의 친분을 만들었다. 마찬가지로 이전에 없었던 인재 선희영을 길드에 영입하는 데 성공했다.

나보다 파티에 기여한 것이 많다고 느껴질 정도였다.

그뿐만이 아니다.

이전에 사이가 좋지 않았던 검은 백조와 붉은 용병의 연합. 1회 차였다면 상상도 할 수 없었던 그림이었다.

'미래가 달라졌다.'

그것도 무척이나 긍정적인 방향으로.

쉴 틈 없이 계속되는 전쟁은 무척이나 많은 인재를 죽이거나 바꿔 놨다.

애초에 많은 비전투 직군이 자신과의 의지와는 상관없이 권력자들의 다툼에 휘말렸다. 초반부터 이런 이들이 성장할 수 있는 기반을 닦아놔야 된다고 생각한 것은 당연.

궁정적인 변화가 찾아올 거라고 생각했지만 생각한 것보다 조금 더 상황이 좋다.

나비효과라는 말이 있다.

작은 날갯짓이 태풍을 만든다.

그 장면을 실제로 보고 있으니 어안이 벙벙해질 지경이다.

생각하지도 못한 곳에서 만난 작은 인연이 현재 린델을 변화시키고 있는 것이다.

그것도 무척이나 긍정적인 방향으로 말이다.

물론, 앞으로 흘러갈 미래를 너무 뒤바꾸는 것도 좋지는 않지만 최소한 지금 이 시점에서는 나쁜 흐름은 아니었다.

'비축해야 해.'

지금은 최대한 힘을 길러야 하는 시기다.

여러 생각을 하고 있던 때, 밖에서부터 목소리가 들려왔다.

"거, 형씨."

"네, 덕구 씨."

"아침 먹을 시간이요. 형님이랑 누님 그리고 꼬맹이랑 사제 아가씨도 기다리고 있소."

"네. 금방 나가겠습니다. 죄송합니다. 늦잠을 자서……."

"매일 일찍 일어나던 양반이 늦게 일어나는 거 보면 잠이라도 설친 거 아니요?"

"비슷합니다."

"야한 꿈이라도 꾼 거 아니요?"

"……."

"거, 농담이요. 모두 기다리고 있으니까 빨리 내려오쇼."

"네. 감사합니다."

달라질 수 있다.

마음 한구석에는 뭐라고 형용할 수 없는 불안감이 치솟기는 했지만 틀림없이 바꿀 수 있으리라.

그렇게 하기 위해 시작한 2회 차였고 후회하지 않기 위한 선택이었다.

어떻게 본다면 모두에 대한 속죄.

'달라질 수 있어.'

미래를 바꾼다.

그것이 이곳으로 돌아온 이유다.

"늦어서 죄송합니다."

"아닙니다."

“그럼 앞으로의 파티가 나아가야 할 방향에 대해 설명하도록 하겠습니다.”

“네.”

“모두 식사하시면서 편하게 들어주셨으면 합니다.”

“네.”

“스펙업, 능력치 상승과 전직에 대해서입니다.”

“새로운 직업 말이요?”

“네. 그렇습니다.”

나쁜 타이밍은 아니다.

이제야 어느 정도 자리를 잡은 느낌이었고, 김현성의 입장에서는 조금 본격적으로 움직이고 싶을 타이밍이라고 생각했으니 말이다.

외부적으로 방해되는 요인은 거의 없다고 해도 과언이 아니다.

붉은 용병, 검은 백조의 일은 마무리 단계에 있었고 이지혜의 일은 확실하게 맞아 떨어졌다.

‘여러분이 승리했습니다. 여러분의 승리입니다. 린델은 평소처럼 평화롭고 이전보다 더욱더 안전할 겁니다. 각자의 위치에서 최선을 다하도록 합시다.’

정유라의 사과를 받았다는 언플과 함께하긴 했지만 겨우 이 정도의 발언으로 대중을 진정시키기에는 무리가 있었다.

그렇지만 변한 게 없는 건 아니었다.

계속된 언론의 선동에 대중은 자신들의 승리라고 생각하게 되었다. 환호했고 그들 스스로 만족했다. 한 개인이 대형 길드에 맞서 싸워 이겨낸 것을 함께 기뻐했다.

이쪽에게도 무척이나 만족스러운 결과였다.

내 발표가 끝난 이후 며칠 뒤 검은 백조는 지휘체계 개편과 초보 모험가들에 대한 기부를 홍보했다.

여러 시선이 있었지만 나쁘게 보는 사람은 없었다.

아마 검은 백조의 모든 간부가 나와 고개 숙여 사과한 것이 결정적이었을 것이다.

지금까지는 대형 길드의 간부들이 이런 사과를 한 적이 없으니 대중의 입장에서도 무척이나 신선했으리라.

아직까지 해결되지 않은 문제가 있다면 그날 이지혜가 떠난 이후의 정하얀의 반응.

당장 격정적인 반응을 보이지는 않았지만 종종 불안한 모습을 보여주고 있었다.

이전보다 달라붙어오는 게 더 심해졌고 나와 함께하는 것으로 자신의 불안감을 잊으려 했다.

간단하게 말하자면 조금 더 적극적으로 변하게 된 것이다.

조금 더 자기 주도적으로 변했다고 하는 게 어울리리라.

'좋지 않아.'

당연하지만 정하얀의 이런 변화는 그다지 달갑게 느껴지지만은 않았다.

물론 아직은.

'어디 가요, 오빠?'라고 묻는다든지, '언제 돌아오실 건가요?'라고 물을 뿐이지만 신경이 쓰이지 않는 것은 아니었다.

이런 종류의 집착은 내 쪽에 불리하게 작용한다는 걸 알고 있었으니 말이다.

이지혜와 어느 정도의 커넥션이 있다고 생각한 것이 분명하다. 묘한 분위기 같은 걸 느낀 게 틀림없다.

물론 이지혜는 얼굴에 철판을 깔고 모른 척했지만 그녀와 나 사이에 유지되고 있는 묘한 긴장감 같은 걸 캐치했을 수도 있다고 생각했다.

시스템이 공인으로 인정한 영혼의 단짝이니 정하얀이 뭔가 낌새를 차린 것도 전혀 이상하지 않다.

오히려 가짜 연인 콘셉트를 유지하고 있는 용병여왕 차희라보다는 이지혜를 조금 더 신경 쓰고 있는 것 같다고 느끼는 듯했다.

그녀를 컨트롤해야 한다. 그것을 항상 머릿속에 염두에 두고 있어야 한다고 생각했다. 이대로라면 평생 끌려 다닐 수도 있다.

아무튼 간에 내부적으로나 외부적으로나 성장하기에는 최

고의 적기다.

파란 내에 미친 늙은이들을 제외하면 우리를 억압하는 외부적인 요인은 없다.

사이좋은 삼권 동맹 추진, 조금 더 좋아진 던전 문화와 사냥 문화, 우리 곁에 있는 언론을 통해 여기저기에서 지원이 쏟아지는 최고의 상황.

어느 정도는 날아오를 준비를 마친 것처럼 보였다.

그게 현 김현성 파티를 둘러싸고 있는 배경이다.

"여러분도 대충 이해하고 계시겠지만 전직을 하는 데 필요한 선행 조건은 두 가지입니다. 사냥으로 경험치를 쌓는 것 그리고 직업 고유의 특정 행동을 반복하는 것. 능력치를 오르게 하는 것도 마찬가지입니다. 마력을 사용하면 마력이 오르고 근력을 사용하면 근력이 오를 거라는 걸 알고 계실 겁니다."

"물론입니다."

"지난 번 던전행 이후로 여러 사정 때문에 잠깐 휴식기를 가지기는 했지만 지금보다 좀 더 빠르게 성장해야 할 필요성이 있습니다. 이곳에 있는 모두가 최소 지금의 선희영 씨 정도로 성장하면 이상적일 것 같군요. 아니, 최소한 저번에 함께 던전을 진행했던 분들 정도의 스펙은 갖춰야 한다는 생각이 들었습니다. 최소한 초보자 타이틀은 떼야 하는 시기입니다."

"그렇군요."

"최소 세 번 혹은 네 번의 전직, 60대의 주요 능력치. 그게 제가 여러분께 요구하는 바입니다."

어려운 문제이기도 했고 쉬운 문제이기도 했다.

김현성의 저 발언은 아마 나와 박덕구 그리고 꼬맹이 김예리. 그중에서도 꼬맹이와 나를 저격한 발언으로 들렸다.

물론 녀석은 우리의 능력치를 직접 확인할 수는 없지만 어느 정도는 느끼고 있을 것이다.

정하얀 같은 경우에는 마력이 40대 후반으로 다다르고 있었고, 김현성 자신은 이미 능력치가 50대를 넘어섰다. 본래부터 우리보다 먼저 들어온 선희영 같은 경우에는 두말할 필요도 없었고 느리기는 했지만 박덕구도 차근차근 성장하는 것이 느껴질 정도.

아직 어린 김예리와 내가 김현성 파티의 유일한 골칫거리로 느껴지고 있으리라.

'흠.'

김예리는 차라리 낫다.

전설 이상의 잠재 능력을 가지고 있었으니 성장하는 것은 시간문제다.

김현성 파티의 골칫거리는 바로 나.

물론 성장 방향을 잘못 잡은 것은 아니다.

연금술사라는 내 직업은 빈약한 마력을 커버할 수 있는 직업이기도 했고 어느 정도 나와 맞는 느낌이니까.

그렇지만 확실히 전투 직군으로 분류하기에는 무리가 있다.

물론 아직까지 완전히 성장한 모습을 알지 못하기 때문에 생각할 수 있는 행동이었지만 흑마법사를 선택하는 것도 나쁘지 않았을 거라는 생각도 들 때가 있었다.

어차피 성장의 한계야 있었겠지만 지금보다는 강했을 테니까.

물론.

'이곳이 신성제국이 아니라는 전제 하에.'

"끄응."

"한 달 이내입니다. 여러분이 전원 한 달 이내에 세 번째 전직과 능력치를 맞출 수 있으면 좋겠다는 것이 제 생각입니다."

"말은 쉽지만 생각하는 것처럼 쉽게 되지는 않을 거요. 직업은 어떻게 구할 수 있을지 몰라도, 능력치 같은 경우에는 훈련을 해도 오르는 속도가 더뎌지고 있기도 하고……. 사냥을 하면 달라지는 점이야 있겠지만."

"아마 할 수 있을 겁니다."

"어떻게……."

"일단 사냥을 나가는 것부터 시작하겠지요. 적어도 목표로 했던 것들을 완성할 때까지는 도시로 돌아오지 않을 생각입니다."

“음.”

“원정에 나가는 인원은 다섯. 기영 씨를 제외하고 모두입니다.”

“그게 무슨 소리요? 형님이…….”

솔직히 조금은 가슴이 철렁할 수밖에 없는 상황.

승차감 좋은 김현성 버스에서 내리라는 소리처럼 들렸으니 당연한 반응이다.

솔직히 생각하기도 전에 몸이 먼저 반응했다.

“그, 그건 안 돼요.”

짧은 시간이지만 오만 가지 생각이 뇌리에 꽂힌다. 혹시 이제부터 비전투 직군으로 굴리려고 하는 것이 아닐까? 혹은 메인 파티에서 밀어내려고 하는 게 아닐까?

따위의 잡생각이다.

박덕구와 정하얀은 나보다도 깜짝 놀란 표정. 심지어 선희영도 별로 기분이 좋아 보이지 않았다. 어쩌면 파티 내에서 확대된 내 영향력을 줄이려는 의도일 수도 있다고 생각했지만 김현성의 표정은 무척이나 담담하다.

애초에 놈의 성격상 그 정도의 일로 나를 밀어낼 생각을 하지는 않을 것이다. 나 역시 놈의 울타리 안에 들어가 있는 소중한 파티원이었으니까.

심장은 쿵쾅거리지만 별다른 동요 없이 입을 열었다.

내 질문에 고개를 끄덕이며 대답하는 김현성의 목소리가 귓가로 들려왔다.

“너무 의지하고 있습니다.”

“아.”

“덕구 씨나 하얀 씨는 너무 좋은 환경에서 성장해 왔습니다. 사냥에 익숙하지 않은 희영 씨 역시 마찬가지입니다. 몸이 편하거나 사냥이 쉽다는 이야기는 아닙니다. 물론 여러분의 노고를 무시하는 것도 아닙니다만, 여러분은 기영 씨의 존재로 인해 생기는 심리적 안정감이라는 환경에 너무나도 편하게 안주해 있습니다.”

“심리적…… 말이요?”

무슨 말을 하려는 건지 이해할 수 있다. 아니, 이해만 간다.

“조금 과대 해석하자면 기영 씨의 존재가 여러분의 성장을 막고 있는 겁니다. 제 입으로 말하기에는 부끄럽지만 제 존재 역시 악영향을 끼치고 있을 거라고 판단했습니다. 저 역시 여러분과 함께 원정을 나서겠지만 크게 개입하지 않을 겁니다. 오롯이 저와 기영 씨를 제외한 네 분이서 상황을 헤쳐 나가는 게 좋을 것 같다는 판단이 섰습니다.”

‘터무니없는 과대평가.’

골칫거리가 나였던 것은 일단은 완벽한 정답이다.

물론 그 의미와 해석은 내 생각과는 전혀 달랐다.

내가 성장을 못 하는 게 문제가 아니고, 내가 파티원의 성장을 방해하고 있는 것이 문제란다.

김현성이 나를 과대평가하고 있는 건 아닌가 하는 생각이 들기는 했지만, 정하얀이나 박덕구가 나에게 많이 의지하고 있다는 것도 사실이다.

그렇지만 내 존재가 성장을 막고 있을 정도의 영향을 주지는 않다고 생각했다.

까놓고 말하면 김현성이 뭔가 착각하는 게 아닌가 하는 생각을 해볼 정도였다.

"기영 씨는 납득이 가지 않는다는 표정이군요."

"솔직히 말하면 그렇습니다. 하얀이나 덕구는……."

"기영 씨가 생각하시는 것보다 기영 씨는 파티에 기여하는 부분이 큽니다. 다른 사람의 눈에는 어떻게 보일지 모르겠지만 적어도 제 눈에는 보입니다. 조금만 과장한다면 기영 씨가 없는 이번 원정은 실패로 끝날 가능성이 큽니다."

"그, 그렇지 않아요. 아니. 만약에 그렇다고는 해도 어떻게 오빠랑 하, 한 달이나……."

"우리는 어린애가 아니요, 형씨. 물론 기영이 형님이 대단하다는 건 인정하지만……."

"적어도 이 파티를 이끌어가는 입장에서 말씀드리는 겁니다. 번복은 없습니다. 이번 원정에 기영 씨는 참가하지 않습니다. 마찬가지로 저를 제외한 네 분이 사냥과 공략을 진행하게 될 겁니다."

모두가 납득할 수 없다는 표정이다.

그러나 일단 나는 고개를 끄덕였다.

'나쁘진 않아.'

나로서도 조금 의아하기는 하지만 김현성이 그렇게 판단하고 성장 방향을 결정했다면 그게 맞을 것이다.

특히 박덕구는 몰라도 정하얀 같은 경우에는 내가 없는 상황에도 익숙해져야 한다고 생각했다. 이쪽을 따르는 것은 좋지만 너무 과한 것은 사양이다. 적정 거리를 유지하는 게 도움이 될 것이다.

한 달 동안 떨어져야 한다는 현실을 믿을 수 없는지 정하얀이 이쪽을 바라보고 있다. 그러나 나 역시 김현성의 결정에 반기를 들 생각은 없다.

"후우."

"뭐, 저도 현성 씨 말에 동의합니다. 그게 성장 방향에 도움이 된다면 그렇게 해보는 게 좋을 것 같군요."

문제는 저들이 아닌 나.

김현성 버스에서 내린 이후라면 미아가 되기 일보 직전의 상태가 될지도 모른다.

파티원이 강해지는 것은 좋다.

그렇지만 내가 따라갈 수 없을 정도로 강해진다면 앞으로 함께하는 데 문제가 생길지도 모른다.

'그건 안 돼.'

굳이 나를 따로 뺀 것을 보면, 회귀자가 남겨둔 안배가 있을지도 모른다고 생각했다.

잠재 능력이 낮은 것처럼 보이는 나를 위한 선물이 있을 거다.

능력치 상승과 전직.

무척이나 달콤하게 들려오는 울림이다.

어떤 것을 준비했을지는 모르겠지만 모르긴 몰라도 꽤나 달콤한 꿀단지가 기다리고 있을지도 모른다.

"그럼 그동안 저는……."

그렇지만 그건 내 착각에 불과했던 모양.

이쪽을 바라보며 싱긋 웃는 김현성의 얼굴에는 알 수 없는 신뢰감이 가득 차 있었다.

"기영 씨 역시 마찬가지입니다. 능력치 상승과 전직을 중점으로 생각하고 한 달 동안 움직여 주시면 됩니다."

"아…… 네."

"출발은 최대한 서두르겠습니다. 물론, 이 과정에서도 기영 씨는 도와주지 말아 주십시오. 준비부터 해야 의미가 있을 것 같습니다. 이쪽은 신경 쓰지 마시고 곧바로 기영 씨 본인의 성장에 집중해 주세요.”

“네…….”

무슨 자신감인지는 모르겠지만 지금 이 자식은 나에게 무한한 신뢰를 보내고 있다.

뭔가 심경의 변화가 생긴 듯한데 이런 상황이 찾아올 줄은 상상도 하지 못했다.

“제가 없는 동안 잘 부탁드립니다. 믿고 있겠습니다, 기영 씨.”

‘믿지 마, 이 새끼야.’

말이 혀끝에 맴돌았다.

to be continued

Wish Books
SUPER ACE
슈퍼에이스
예성 장편소설
야구 선수의 프로 계약금이 내 꿈을 정했다.
"왜 야구가 하고 싶니?"
"돈을 벌고 싶어요!
집을 살 수 있을 만큼!"
시작은 돈을 벌기 위해서였다.
하지만 이제는 꿈의 그라운드를 위해서
메이저리그 명예의 전당을 노린다!

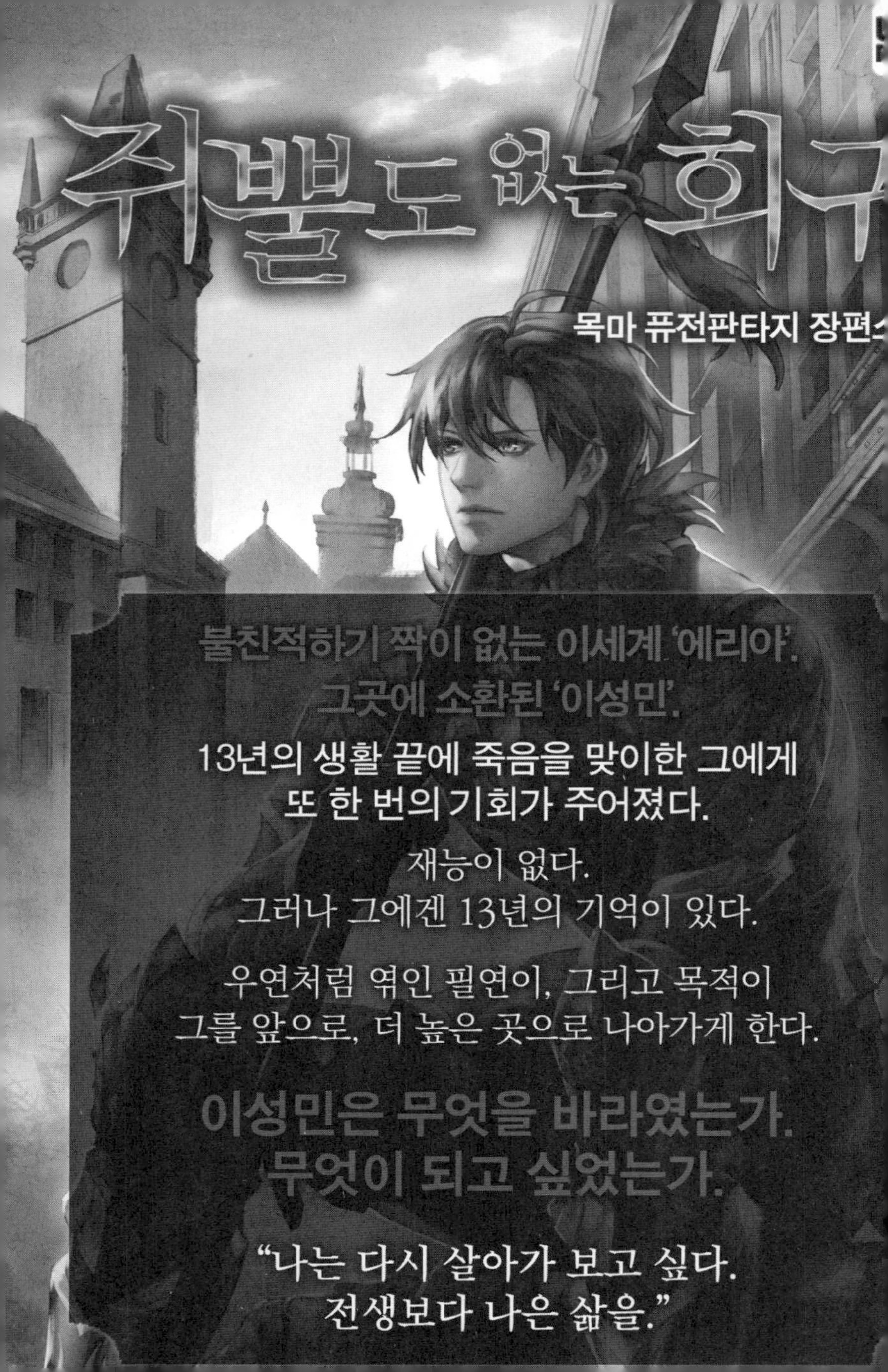

불친적하기 짝이 없는 이세계 '에리아'.
그곳에 소환된 '이성민'.

13년의 생활 끝에 죽음을 맞이한 그에게
또 한 번의 기회가 주어졌다.

재능이 없다.
그러나 그에겐 13년의 기억이 있다.

우연처럼 엮인 필연이, 그리고 목적이
그를 앞으로, 더 높은 곳으로 나아가게 한다.

이성민은 무엇을 바라였는가.
무엇이 되고 싶었는가.

"나는 다시 살아가 보고 싶다.
전생보다 나은 삶을."